留白

ふたりの余白

渡边淳一 著

时卫国 译

青岛出版社
QINGDAO PUBLISHING HOUSE

图书在版编目（CIP）数据

留白 /（日）渡边淳一著；时卫国译 . — 青岛：青岛出版社，2018.12
ISBN 978-7-5552-7893-1

Ⅰ . ①留… Ⅱ . ①渡… ②时… Ⅲ . ①随笔 – 作品集 – 日本 – 现代 Ⅳ . ① I313.65

中国版本图书馆 CIP 数据核字（2018）第 256961 号

ふたりの余白 by 渡辺淳一
Copyrights：©1978 by 渡辺淳一
This edition arranged through OH INTERNATIONAL CO. LTD.
Simplified Chinese edition copyrights：©2018 by Qingdao Publishing House Co.，Ltd.
All rights reserved.
简体中文版通过渡边淳一继承人经由 OH INTERNATIONAL 株式会社授权出版
山东省版权局著作权合同登记号 图字：15-2017-237 号

书　　名	留白
著　　者	（日）渡边淳一
译　　者	时卫国
出版发行	青岛出版社
社　　址	青岛市海尔路 182 号（266061）
本社网址	http://www.qdpub.com
邮购电话	13335059110　0532-68068026
策　　划	刘　咏　杨成舜
责任编辑	霍芳芳
封面设计	末末美书
封面插图	海洛创意
照　　排	青岛佳文文化传播有限公司
印　　刷	青岛国彩印刷有限公司
出版日期	2018 年 12 月第 1 版　2018 年 12 月第 1 次印刷
开　　本	大 32 开（890mm×1240mm）
印　　张	6.625
字　　数	110 千
印　　数	1-10000
书　　号	ISBN 978-7-5552-7893-1
定　　价	35.00 元

编校印装质量、盗版监督服务电话　4006532017　0532-68068638
本书建议陈列类别：日本·畅销·随笔

译者前言

《留白》是作者二十世纪七十年代末期推出的一部随笔集,作品对两性关系进行了全方位剖析,重点阐述男女两性的认知差异、心理差异、情爱纠葛以及由此引发的各种省察与反思,揭示了爱的艰难与多变、爱的多样化及复杂性,是一部解读两性关系的重要读物。

男女在相爱之初往往很客气,且能体贴对方,抑制自我。而发展到某个阶段时,就会以自己的感受为主,对对方的要求增多,同时减少对对方的体贴。但不管怎样,男方对女方的要求,会尽可能地予以满足,即使不情愿,也不会流露出来,有一种豁达的包容力和温馨的真情。而女人则注重现实性思考,有时会沉醉于梦幻世界,向往罗曼蒂克,往往会通过一些细枝末节的东西,确认对方对自己的情愫，或是通过撒娇进行体认。撒娇的实质是任性，恰到好处时显得可爱，超越分寸则过犹不及，甚至无可挽回。所以，爱是一条纤细而温柔的小溪，一旦雨水暴涨，就会将两人冲走……

男女在生理方面有着本质的差异。男人的生理特征不易变化，显得单调而无趣。不像女人那样时时有变，充其量到了中年以后，大腹便便，华发早生。赌博对于众多男性而言，是对肉体少变的一种补偿，也是具有冒险精神的一种具象体现。男人受妻子影响的程度较小，仅凭本人的努力、才能和运气，就能获得适当的社会地位。女人的生理特征则是不断变化，其命运的本身就带有赌的性质，喜欢占卜，却不喜欢赌博。婚姻对于女人来说，是一种不折不扣的赌博，从择偶、恋爱、结婚到妊娠、分娩，再到育儿，一切都在赌……这些赌对女人的一生，产生很大的影响。

爱是复杂多变的。一个男人永远爱一个女人，或者一个女人始终爱一个男人……这并不是一件容易做到的事。人是在不断变化中成长的，男人在二十几岁时，可能喜欢母亲型的女人，三十几岁时可能喜欢娼妓型的女人，或者完全相反。女人对男人的爱也会发生变化，感受性和价值观也随之变化。男女对异性的感情都不可能恒定不变，有时会激情燃烧，有时会厌腻反感。绝不是用简单的是非观念所能解决的问题。发生并认可这些变化,并不是对爱的亵渎,而是对爱的客观评价。假如不允许爱出现变化,才是对爱的亵渎,也是对自己个性的否定。

爱是极其利己而主观的,原则上说是个体的、充满斗争性的产物,是当事人才拥有的感知,其他人说三道四,抓不到其实质。一对情侣抛弃各自家庭,为爱而私奔,众人往往指责男方,忽略女方的人格和内心。爱经常在塑造加害者的同时,制造出被害者。人们一方面赞赏相爱的人走到一起,一方面指责他们破坏各自家庭的举动,陷于自相矛盾。对于为了纯爱而私奔的情侣,不能用体面或常识指责他们,俨然一个病人不能指责其他病人一样。站在情侣的立场加以思考,他们的爱是无可指责的,甚至应该赞扬他们的纯粹和勇气。至于奉劝各自回归家庭这种"被调解的爱",是任何调解者都没有能力调解成功的。

爱是多种多样的,也是复杂、微妙的。现代人的婚姻,仅从爱情角度而言,不是起点,而是终点,也就是人们常说的"婚姻是爱情的坟墓"。爱是一种占有的欲望,施爱者总想把所爱的人留置身边,不愿与对方间隔分离。一个女画家与年长十岁的著名作家"忍恋"十载,仅在每年一次的颁奖宴席上,光明正大地幽会,犹如牛郎织女相逢一般。双方的精心克制,使纯粹的爱升华到一种崭新的境界:双方仅有精神上的相悦,却无肉体上的占有。这种感情深邃、纯真且历久弥新,令双方享受着无以言表而美妙动人的纯情体验。距离产生美,爱情的鲜活,也因为拥有适当的距离而得到保全,不即不离,恰到好处,给人留下无限的遐想……

本书依据历史与现实的不同线索,精微深入地聚焦两性关系,以爱情与青春、生与死、性与爱、人性中的自私、人生的终结、情侣的离分等问题为切入点,鞭辟入里地论述两性的留白,纵横驰骋、挥洒自如、妙趣横生,读来令人流连忘返、回味无穷。本书先于一九七八年七月由中央公论社发行,后于一九八七年四月由集英社出版,本书译自集英社一九九六年八月二十七日出版的第二十四次印刷本。

时卫国

2015 年 10 月

目　录

译者前言 / 001

某种死的背景 / 001

纤细而温柔的河 / 017

占卜与赌博 / 034

被调解的爱 / 050

论年轻 / 068

要持续的关系 / 086

历史上出现的女性们 / 103

发誓这件事 / 121

情书 / 137

不是"主妇"的主妇 / 154

美丽的分手 / 170

源于死的起点 / 187

某种死的背景

一

这是关于个人的事。上月初,京都先斗町的一家叫O的茶馆的老板娘自杀了。

对于这件事,京都地区的报纸上曾刊登过,有的人也知道。我也曾去过那个地方,很清楚地记得那个老板娘。

据报上刊登,她五十二岁,身材矮小,身体矫健,姿容端庄。总是穿着藏青色或铁锈色等颜色素雅的和服,留着只有一边卷起来的独特发型,是个地地道道的京都人。她常年管理茶馆,是个很谨慎的人。

或许是出于茶馆老板娘的谦恭,艺伎们一来,她就从桌子旁后退一步,对于大家的谈话随声附和。有时只是在座席上赔笑,绝不会主动插嘴。

真是奇怪,如果女性谨小慎微,男人倒会介意。她没怎么说过话,大家对她的印象却比对其他艺伎的印象要鲜明。

这位老板娘突然自杀了。

而且是在黎明时分,用切生鱼片的刀刺向心脏,浑身洒满鲜血,俯卧在能看到加茂川、铺着榻榻米的房间里。她的死法过于悲惨,警察起先以为是他杀。

然而室内没遭窃,身上有非致命伤(人在自杀时,好像不能狠下心来猛刺自己的身体,刚刺一下就停下来,接着又刺,故而伤口很多,但很浅,事后能看到由于犹豫而留下的痕迹),而且用细绳将两腿紧紧地绑起来,以免裤脚凌乱。警察又由此断定是自杀。

话虽如此,她该是多么痛苦啊!据说早晨女佣到来发现时,她还有点气,在低微地呻吟。

合掌。

问题是,那个老板娘O女士(对茶馆的女主人也许应称呼"妈妈"或"老板娘",但又有点不合适,以下冠茶馆名字,称呼"O女士")为什么自杀呢?……

据女佣和与她关系密切的艺伎们说,前一天晚上,好像没有任何迹象，有客人来，她还是像往常一样谨慎谦恭地迎送和伺候。

事后大家才知道，O女士有一个孩子，长期不在身边，也没有其他累赘，十几年来也没有像样的男性与之密切交往过。

说到艺伎和茶馆，经常有人觉得这些地方男女关系混乱，近似二三流的烟花柳巷。而在祇园町和先斗町这种整洁的地方，男女关系壁垒森严。别看这里是个很小的社会，也不可以乱搞男女关系。如果做那种事，就会对这个人的技艺产生影响。

在这些方面，比起现代的单身女职员和女大学生，生活作风要正派得多，且不像她们那样自由。因此，可以说，现在从事舞伎这一工作并能坚持下来的人很少。

对于作风正派的O女士来说，就更不可能逾越道德底线了。

我认为：她的性格温和中潜藏着刚强。到了五十二岁，也没有那种让人家在背后指指点点的事。我跟她见过几次面，觉得她是个事必躬亲、规矩而忠实的人。

她管理的茶馆遵循着宾至如归的守则。铺着榻榻米的房间弄得很干净，可以说总是很清新。从入口到中庭再到洗手间的每个角落，没有一点灰尘。O女士只雇着几个每天来上班的女佣，单凭自己的劳动，维系着在加茂川沿岸尽头的那个家。

据说她有两亿以上的遗产,这是在她死后,人们才知道的。

估计逝者的财产数额于事无补。作为 O 女士,无论是在生意顺畅方面,还是在资金使用方面都没有任何问题,她为何要把切生鱼片用的刀,扎进自己胸腔呢?

二

当听到 O 女士死亡的消息时,男性和女性的反应有所不同。在此,分析一下两者之间的差异。

首先是男性。他们听到死讯,大部分人会缩着脖子说:"女人真可怕!"然后,会半探听半可惜地哀叹:"怎么死了呢?一定是因为男人的事儿。也许是因为生意严重受阻吧。"

或者疑惑:"没有遗书作证,也没有其他方面的问题,怎么会自杀呢?哪有那么荒唐的事情。没有任何理由,就把切生鱼片的刀扎进自己的胸腔?"

这就是男性的感想。往好里说,是按逻辑推理。往坏里说,是找个借口诡辩。

一般来说,男人都爱嚼理,认为别人也会按理而动。一切道理应讲得通,才会使人信服。哪怕有一处道理讲不通,也会使人无法理解。

可以说,男人们是务实、极不善于表现自己的人群。尤其是被认为聪明的男人,也存在这一点,故而对没有理由的自杀,不容易理解。

与之对比,女性的回答要纯朴、柔和得多。

听到死讯,她们也会皱起眉头说:"可怕啊!"继而会说:"可是挺有勇气啊。能够理解那个女士的心情啊。"边说边流露出同情且赞许的目光。

确定一个人自杀的理由,不能靠他人的任意猜测。

报纸和杂志常对自杀者写出两三行的自杀理由,其实是很荒谬的。完全是为了迎合大众急于得出结论的心理。活着的人不能揣测濒死之人非同寻常的精神状态,尤其是在没有遗书的情况下,自杀的原因完全可以归结为"原因不明"。

比如我自己,经常在站台上候车,当电车进站时,有跳入车下被碾压的假想,身子会不由自主地摇摇晃晃,尔后急急忙忙地转过身去上车。

假如我是受到引诱而跳进去的,就会被煞有介事地说:"渡边淳一最近工作遇到挫折想不开。"或者说"与某个女性恋爱被甩而走上绝路"等等。

人自杀的理由,不是用写文章那样的条目就能说清楚的。并非没有别人看上去不可思议、只因活着无聊而寻死的情况。总之,除了死者以外,不,甚至连死者自己也弄不清楚到底为什么而死。

我也是推测。O女士自杀,既没写遗书,也没有很充分的理由,大概是有种难言的、无法描述的、自己也无法控制的思想在作祟吧。

如果是单纯地欠债或者失恋,她会简单向他人交代说:"从存折上还谁谁谁钱,不够的部分请原谅!"或者与恋人告别:"××,再见!我就是去那个世界也爱你。"应该是痛快地表达完才能赴死。

没有哪种具体的理由,就是以不想活下去作为理由也不奇怪。

我认为,探寻O女士自杀的理由,没有多少意义,但如果想特意考察,也许是下面这种情况。

漆黑的深夜,她一个人孤寂地醒来,突然陷入难言的空虚之中。

有爿很整洁的店,生意也还不错,很顺利,也有钱,且没有任何灾殃。如今已年过五十,有着一种无可奈何的寂寞。

这么活着,究竟有什么意思呢？日后年老色衰,腰腿瘫软不能走动,都不可避免。一个人振作地维持着店铺经营,到底会有什么出路呢？没有男欢女爱,只是靠个"漂亮老板娘"的名声而孤寂地活着,到底有什么意义呢？原先一直在努力,最后我得到的是什么呢？……

忠实的O女士在漆黑的深夜,一字一句尖刻地逼问自己。

结果是陷入了更深的孤独和空虚之中,所以她率性而为,举起了刀。

起初她有点犹豫,瞬间便狠着心、憋住气扎了进去。

O女士毕竟是生活在管教严格的艺伎世界里的、有点修养的人。

临死前,她用细绳捆住裤腿和脚脖子,以保持裤脚的整齐。对现在的人来说,这是很难做到的。听说前几天有个女性从某大楼顶上跳下自杀,把正在下面走路的人砸伤致死了。对比看来,O女士是多么谦恭啊！

而且,她为了死得快点,采用卧姿,将刀尖儿对准胸膛,将整个身体的重量压下去刺进心脏,以防死不了丧失体面。尽管如此,她仍苟活了几小时。可能是她身体无恙、体魄强健的缘故吧。

这也是普普通通的推测,可叹值得珍惜的人已死去了。

三

听到O女士的死,男人和女人都觉得"可怕"。确实,我也觉得可怕。

而这种可怕的感觉,在男女之间也有微妙的语感的差异。

首先,男人所谓的"可怕",包含着"对女人的不理解"和"对莫名其妙自杀唤起的戒心"。换句话说,男人是对女人产生了知人知面不知心的恐怖感。

正因为O女士平时是个端庄谨慎、举止沉稳的女性,所以才更觉得不可思议。其内心不知道怎么样,外表可是个淡雅得像幅水墨画。

这个人自己用刀扎胸膛,浑身是血地咽气了。

可以说,因为她没有特别明确的自杀理由,更加激起了男人的恐惧心理。

男人从女人身上感觉到恐怖,是对女人中邪一般突然导致某种意外事件的必然反应,用某种理论是无法说明白的。

如果是欠债或者失恋等明确理由的话,理解结果会截然不同,也能相应地使人信服:怪不得,原来是这样!

然而,自己没弄清楚理由,就满不在乎地做出残酷的事。这会使人感觉其与众不同且莫名其妙,吓得男人全身缩成一团。

他们冷笑着说"多么可怕啊!",内心打着寒战并充满疑虑:我的女友会不会这样呢?男人不愿承受这样的事。

对比来看,女性的"可怕"似乎有所不同。

虽然也和男人一样感到恐怖,但她们是对女性本身潜在的容易做出过激行为的性格特征感到可怕。

女性总感觉自己在与己无关的事情上,耗费不必要的精力,并在努力地抑制它。

询问一些不理睬男人的单身女性:"为什么不谈恋爱呢?"有人会回答:"是因为害怕自己被男人所迷恋。"

这种说法,从男人的立场看,是一种非常不合逻辑的思想。男性不易迷恋事物,却认为:如果能迷恋喜欢的人,那不挺好吗?怎么能不诚挚地谈恋爱呢?

女性们也许会从这种迷恋中,想象自己在泥沼中东奔西跑、凄惨之时仍然依赖男人的姿态,从而感到忧郁。

女人不能像男人那样在工作之余谈恋爱。如果谈起来,也许就会把工作、父母和姐妹丢到一边。她们或因预感到恋爱的强烈而裹足不前。

换句话说,女性自己身上还有一个犹如台风眼一般的东西,有时能感觉到它的涌动,导致自己不知会做出什么事来。

女性听到O女士的死,会自言自语道:"可怕啊!"她们害怕的也许是对自己的担心:自己身上的台风眼会不知不觉地涌动,也许会做出和O女士同样的事情来。

总之,女性们以相通的、真实的感受捕捉O女士的死。

男人们却将其视之为符合女性特征的、怪异的行动。男人和女人,不仅是性别不同,自己身上是否存有这种台风眼,好像是男人和女人相当重要的差异。

四

所谓台风眼,是指台风力量的凝集点,它是形成台风巨大能量最中心旋空的部分,其掠过之后不定会发生什么事情。

一般男人比女人能力强、精力旺。但从根本上说,这是表面现象。

用力抓举或者投掷东西、疾速奔跑等体力动作,都是男人的强项。而在耐心思考、追究事因和精力集中等方面,好像男人不如女人。

男人总归学东西快,一看就能懂,擅长外交活动,但不擅长静心做事和细致作业。

男人看到女人整天埋头织东西而不厌倦,会轻蔑地认为:女人只爱从事这些简单重复的作业。反之,这是男人具有缺乏耐心、心不灵手不巧的弱点。

再说,看着女性好像只是在织东西,其实心却在动。或者在想一个男人,对其离去怀有怨恨;或者在幻想公主王子般的爱情。总之,在精力的集中度方面,女人要比男人好得多。所以,女人也容易被心灵术或催眠术所左右。

女性向自己追责和逼问的严厉程度,也绝非男人所能及。

比方说O女士,有着无可奈何的寂寞和空虚时,就……

如果是男人,会沉思一段时间,害怕自己想不开而走上绝路,会在适当的时候,转念打住,继而从中解脱出来。

他们会去喝点酒,或者去曾经暧昧过的地方睡一觉,逐步调整心情。熬过这段时间,情绪就会大变,就会重新活跃在明亮的阳光下,同大家一起欢快地活动。

懦弱的男人们是不会严以责己、穷追到底的。

而女性则因为有着外表无法展示的很强的精力,一旦开始捉弄自己,就会捉弄到底。不会像男人那样中途泄气或者解脱出来,而是一味认真地、克己地追究下去。

尤其是中年女性,往往身处更年期,那种歇斯底里般的自我暗示会呈现得更加强烈。

越想越觉得寂寞蔓延、空虚加深,只有自己无聊又显眼。自己这样活着最差劲!不值得!还是死了好……

就像台风的漩涡由于受到张力,在其中心产生空白一般,产生了意识的空白。就在这一瞬间,她突然站起来,抓起了切生鱼片的刀。

O女士去世大概有着这样一个过程吧。

假如她是个稍微轻浮一点且马马虎虎的女性,也许就不会死得那么惨。

她在郁闷之时喝点酒;不怕被周围人说三道四,适当地找个男人玩玩;在铺着榻榻米的房间里,对自己喜欢的人献献媚,对不喜欢的人不搭理;把打扫卫生和记账交给别人,自己到处游逛游逛。如果能做到其中之一,也许就不会感到那么空虚,也不会想到死。

总之,O女士是个不会调整心情的人。她是个刚强且对自己非常严厉的人。

这种严厉逼死了O女士。这样想不对吗?

五

男人在女人看来是相当适中的人群。如果适中这个词难懂,可以说是被看作处事妥协的人群或善于敷衍的人群。

从整理一下记账单就能看出差别:女性总是按照吩咐,一张一张地仔细清点,而男人则不予重视,表现出一定的自负,并想着糊弄。

男人有着足够的力气,却总是不沉着。所以从人类诞生之初,就要担负去外面砍柴或捕猎的任务。

男人在考虑或者做一件事时,不能专注和持久,一会儿就想去外面活动。然而一去外面,就会遇到各色人等,还需要想办法予以应付,以安置自身。这就会产生一种往好里说是协调,往坏里说是逢场作戏的两面手法。

就是相当有骨气的男人,也窠臼难脱。只要自己的立场选择不好,或者事物发展开始对自己不利,就会一下子发生变化,来个一百八十度转弯。嘴上说得很了不起,其实很容易变节。

这一点也可以举出很多例证,过去作为赤军而驰名的男人们骁勇善战,而一旦被投入狱中,会意想不到地屈膝,脆弱地自白。相反,N女倒很坚强。

这样的故事,贤明的女性诸姊,一定早注意到了。

总之,男人口是心非,经常诉说原则话和真心话。表面上说得很坚强,背后会适当地妥协。

因为有洛克希德事件①,大家现在都嘲笑政治家。在我们身边的公司男职员也一样。虽然给上司差评,但只要去公司,就会讨好上司,假装维护家庭,不知其内心在想什么。

这不是评价某个男人的好坏,不置可否,男人要生存下去,就要具有这种被社会强加的妥协性。稍微夸张点说,这是几千年来通过血脉传承并不得不予以继承的一种天资。

因此,男人只是在遭遇到相当重大且难以忍耐的事件时,才顽

---

①指洛克希德公司向日本政治家行贿的事件。

强抵抗,不做妥协。

鉴于男人们富于这种妥协性,对O女士之死提出疑问,也就不足为奇。可能是有什么重要的缘由吧？而后得知不是什么大不了的理由时,就觉得不可思议。干吗为那种无聊的事而死呢？

"稍微喝点酒就好了!""可以适当地找个男人玩玩嘛!""要是外出旅游、散散心就好了!"可谓众说纷纭。

本质上妥协性强烈的男人们确实会这样想,甚至会自信地说:"要是我,还会钻营,会活得更好。"

然而,因精神的集中力强烈而克制自己的女性,不会简单地投机钻营。她们不会和O女士迥异,不知何时也会刮起精神上的风暴。

如果通过喝酒或者和别的男人睡觉,就能逃避自尽吗？答案是不可能。因为人在极端痛苦之时,没有兴致马上跟别的男人睡觉。也许男性和女性对此有很大的差异。与"心烦意乱就去洗蒸汽浴"这个道理不同,不能说女人要是郁闷了,就去找个男人玩玩。

世上的男性,可能会嘲笑女性们不能找个男人玩玩,借以适当地调整心情。却坚决反对自己的女友轻易地和别的男人暧昧,借以调整心情。这体现出男人表里不一致的格调,或者说是利己害人的口是心非。

总之,先斗町老板娘之死,从没有理由而惨死这一点上说,是极具女性特点的死。

能采用这种死法的女人,具有多么令人害怕的性格啊!

如果是男人,在自杀过程中,会因害怕而适当地妥协,继而逃离死神,顺利地活下去。不予回避、一味追究和压制自己,这种集中力和自制力的纯粹,是唯有女人才有的吗?

以O女士的死为契机,迫使我重新思考女性和男性的差异。

纤细而温柔的河

一

前几天，我认识的一个姓K的编辑，跟我说过下面一个故事。

K现年二十八岁，和比他小四岁的O子谈恋爱。两个人相识两年多，也发生过肉体关系。

前几天，K和O子在新宿碰头后去了酒吧。

事情的经过是：K待在自家房间里。九点过后，O子打来电话，让他去新宿。

O子那天好像在新宿参加为公司上司召开的送别会，散会后想见K，就打来电话。

K在那天有文章校样必须看完，起初不想去，但O子一再要求他去，就去了。

两人初见面，O子有点醉意，显得兴高采烈。两个人又先后到两家酒吧喝酒，一直喝到十二点。

K因为还有工作待做，提出要回家，对O子说："再见！"O子却提出要求："希望你把我送回家！"

O子家在新宿，K的家在池袋，方向正好相反。

K说因为方向相反，想在这里分手。

但是O子不服从，反问："我一个人乘出租车回去，你不担心吗？"然后又说，"你要是真的爱我，就应该送送我。"

"我今天很忙，因为是反向而行，就不送了吧。"K哄劝道。

也许是醉意使然，O子仍不同意。

"你待我不热情。要是中山先生，他会好好送我的。"她突然提到了其所在公司某男性的名字。

"今天有事儿，送不送不当紧。"K仍置若罔闻，O子却坚持要送她。

没办法，K把O子送到涩谷再折返，整整多付出了两千五百日元出租车费，而且是深夜一点才到家。

虽说按要求送了，但还是在车里发生争吵，争吵以后互相不说话。

"女人要是骄纵,就会肆无忌惮,成为不可救药的家伙。"

K说到此处,无奈地叹一口气:"那么磨人,都懒得再见面了。"

实际上,这只是情侣之间经常发生的小吵小闹而已。

正是因为双方确实相爱,才吵闹,才任性。

这种吵闹用不着第三者调停,只需过几天,两个人的关系又会恢复原样。

恋人之间的吵闹,可以确切地表现出男人和女人对事物看法的不同。

当恋爱发展到某种程度时,男人和女人在态度上就呈现出明显的差异。

首先是男人,他说今晚有工作,要急于回家。并思忖:车子朝相反方向去,用不着送吧!如果只为两人见面多待一会儿,时间、成本都得耗费。明天可以再约见,没必要现在硬撑着。

对此,女人则说深夜一个人乘出租车回家,心里不安。并认为:如果你爱我,就是方向相反也应该送我!

从旁听上去,双方都讲得通,都能被理解。

然而,对于女人的逻辑,男人会做出如下反驳:

"虽说深夜一个人乘出租车,心里害怕,但已独自乘过好几次了。她前几天去横滨会朋友,就是深夜两点左右,一个人打车回来的。再说行驶路段处于东京正中心,一个女人乘车,并不是多么危险。实际上她是在撒娇。"

大概也如K所言。过了夜里十二点,虽然不提倡女孩儿一个人乘出租车。但是从新宿到涩谷也不会具有多少风险吧。

也许是她喝醉了,只是想和他在一起多待些时间。

男人的反应是:"到涩谷最多也就十分钟左右。为多待十分钟,损失两千五百日元出租车费,值得吗?真是荒唐可笑。"

K说得相当现实,道理也讲得通。如果说白白付出两千五百日元,确实是浪费。

再站到O子的角度看,她在强烈要求被送回家的时候,或许压根就没考虑钱的事儿。

或者她的出发点是:花上几千日元也让他送,通过这件事来检验他对我的爱情。

她是不识时务的自我确认,还是撒娇?

也好像是因为喝醉了酒,她的态度比平时更强硬一些。

当时,K一边送,一边对O子咒骂道:

"你公司的男人那么好,你可以经常找那个男人送嘛。你这样不懂道理的人,对我来说,简直是个累赘。"

O子则连珠炮般地反击道:"这真了解到你的真心了。我不再做你的累赘,我和你分手。"

你有来言,我有去语。

自此以后一个星期,两个人互不联系。

"我觉得对方快要来道歉的电话了。"

K虽然嘴上这样说,心里却有些忐忑。大概O子也在等K的电话吧。

再后来两个人的关系到底怎样了?我想问问K。可是K一直没来,也不得而知。

二

两个人言归于好是极为可能的。为什么呢?因为类似的吵闹,往往只发生在真诚相爱的恋人们之间。

女方可能打自己的小算盘:撒娇让他送,应当没问题。男方却粗枝大叶:让她一个人回去没事儿。正因为双方有了感情基础,相互才会撒娇,才会说出这种话来。

如果男女初识或不太亲密,就不会有这种事。

比如餐后走出酒吧,男人会问:"我把你送到家好吗?"女人会答:"我一个人能回去,没事儿的。"

男人和女人刚开始相处时,往往很客气,能关照和体谅对方。换句话说,就是知道抑制自己。

随着关系越来越亲密,就会把自己完整地袒露在对方面前。对对方要求会增多,体贴会减少。任性的脾气也会显露。

撒娇往往是这种任性的变形,觉得这样不会出什么问题。

其实,撒娇在两人热恋之时,的确是一种调味剂,没有令人不快之虞,会惹人爱怜并富有增进感情之功效。

然而,撒娇的实质是:去掉一层皮,就是任性;走错一步路,就不可挽回。可爱会因此而变为忧郁。

比方说,K 的"总有点懒得见面"这句话就应引起注意和警惕。

当然,这时 K 还不想和女朋友分手,也还爱着她。"懒得"这个词是其不做作且真实的感受。

当时的情况,作为 K 来说,手头有工作,她却打来电话相邀,K 没办法,只得应邀。实际这事是 K 的一个负担。

K 很勉强地出去了,陪着她喝酒,然后 O 子再让送她,K 就受不了了。

女人也许会说：在这种情况下，不愿意可以当场拒绝嘛。

也许K没有明确地予以拒绝是错误的。

然而在这种时候，大部分男人是难以拒绝的。

如果女人酒喝多了，招呼男人："喂，求求你！出来见一下面！"男人即使正忙得焦头烂额，也会满不在乎地走出去。尤其对自己喜欢的女人，会坚定地走出去。

我作为男人，了解男人所具有的这种天性，肯定会走出去。

这正是男人的"和蔼"。

如果这时候男人冷淡地拒绝，说不行，女人就会觉得自己很没有面子，觉得自己太可怜。

因此，男人一般尽量抽点时间，出来与女人约会。即使有点勉强，还是尽量满足女人的愿望。

然而这样做的结果，往往差强人意。

勉强走出去，就会发生吵闹。

因为这种时候，男人会为一种无可忍耐的情绪所纠结。

自己会生自己的气：干吗非得勉强出来呢？

女人不会做这种勉强的事。对讨厌的东西，会明确地说讨厌，对喜欢的东西，会明确地说喜欢。

当然，男人也是对喜欢的东西说喜欢，对讨厌的东西说讨厌。和女人的不同之处是，一般不会像女人那样快速、明确地表达出来。

男人对于不是那么感兴趣的女人的邀请，也不会直截了当地拒绝。他会找个煞有介事的理由，予以婉拒或者觉得如果不需要花太多时间，会出去草草应付一下。

这种行为并不卑鄙。只是为了安慰对方，不想让其受到伤害。换句话说，这是广义上的和蔼。

对此仍然不能理解的人，可以考虑一下男女相亲时可能的状态。要不然，参看现在社会流行的《速决幽会》①。

一般情况下，女人基本上都会按照自己的意志明确地表示喜好和厌恶。不会考虑如果拒绝，对方会不会受到伤害。

而男人一开始就会拿定主意：不害怕自己受到伤害。

男人基本上都对女人按下"喜欢"的按钮。

如果是这样，是否就是真的喜欢对方呢？

答案多半是否定的。

---

① 一种电视相亲节目的名称。

男人和女人一样,也有喜好和厌恶。甚至在某一点上比女人还要厉害。

男人好像喜欢似的按下OK按钮。不是出于狡猾,而是顾及对方的感受。

自己被甩没关系,而女方被甩,就觉得对方很可怜。

这是男人与生俱来的和蔼,也与小时候所受的教育有关。

男人从进幼儿园起,就被教育:要对女孩儿温柔!被告诫:不能弄哭或难为女孩儿!

而教他学会这些的,是他的母亲。

这里或许呈现出一种矛盾:他的母亲是女人。

不管怎样说,又要求男人对女人和蔼,又说男人油滑刁钻,显然是不公正的。

所谓的和蔼,是柔和而富有弹性的。渺茫而没有要点,就产生了优柔寡断这个词。

和蔼的背后还潜藏着一种不明确。换句话说,和蔼有时候表现为不明确表态。

女人的温柔与男人的和蔼略有不同。她们往往只从自己的内心思考或看待事物,把自己喜欢的东西狭隘地认定为好的东西。

这根本不同于所谓的温柔。

以前,我和一个叫S的经常去喝酒。他是美男子,有点娇生惯养。

同S一起去俱乐部,他常让他喜欢的R子坐在身旁。R子要是在,他会很高兴。她要是不在,他马上就变得懊丧。如果她被别的客人叫走,他就会盯着那个方向看。其他女子过来坐在R子坐过的位置上,他就会发脾气。

"这是R子的座位!"

"对不起!"

想要坐下的女孩儿道歉后,便到别的座位上落座。这个那个地跟他说,他也不附和。而是眼睛注视着她,口中贬低坐在旁边的男人:"这家伙那么无聊!"

S的特点是喜欢把注意力集中到一个人的身上,在这一点上,他很像个女性。而这不能算是和蔼。

当然,对S所喜欢的R子来说,S是和蔼的。

R子不在时,他常常让座位空着,等着她回来。只要她来到旁边,他便显现出那种旁若无人的丑态,臂膀紧紧地挨在一起。其他女性跟他搭话,他也不理睬。

两人的关系很亲密。

然而再后来,R子开始回避S。

"他是个好人,但是惹人讨厌……"

R子如此说着逃避的理由。

的确,酒吧打烊后,去饭馆吃饭,S对R子的干涉方式非同一般。

譬如去寿司店,R子刚要开吃,他就开始做指示:"这边肥的好吃。要吃这鲫的幼鱼。"不按照他说的吃,他就不高兴。

想让人吃自认为最好吃的东西,是一种非常善意的表达。但是一旦过了火,就令人生厌。好意可以理解,但做法令人感到窒息。

尽管S处处表现出和蔼,R子却不认可,说S其实是个很严厉的人。

从某个方面说,R子说得对。

在工作方面,他追求完美,不允许出现任何微小的差错,没有马马虎虎和糊弄凑合之说。

同样,与R子的交往,也近乎苛刻:不允许她在其他客人那里待的时间过长,限定十分钟就是十分钟,超过一分钟就不高兴。如果她和别的男性开心地交谈,他就会发脾气。两人幽会时,S会提前赶到,如果对方稍晚一点,就会受到没有诚意的责备,说如果真心相爱,就不会晚来。

因此,连与之过往甚密的R子都不说S和蔼。

其他的女性不说S和蔼是顺理成章的。

R子认为那样冷漠、任性的男人世间少有。希冀男人具有那种蕴含豁达、谦让和包容的和蔼。

然而,S对待女性的态度,不正是如前所述的女性面对所爱男性的态度吗?

难道面对所爱的男性时,女性不会像S那样严厉和强势吗?

通过R子躲避S,我回忆起了K躲避O子。

三

所谓的"只要爱我,就能做到!"是女人的逻辑。

并且是不和蔼的、色厉内荏的女人的逻辑。

男人不会这样构思。

同前所述的S近似,有一些男人也会做出同样的事情。实际上,S的形象有些像女人。

R子说S纠缠不休,令人生厌,像个女人。

因而女性"只要爱我……"的逻辑实在是主观武断,源于过于自信或刚愎自用。

用这种逻辑来推理,会使人产生错觉,好像世上的一切事物都能被正当化。

"只要爱我,就应该再早点回来!""只要爱我,就应该来接我!""只要爱我,就应该送我!"

进而是:"只要爱我,就应该不去公司!""只要爱我,就能一起死!"

话说起来没完没了,刹不住车,而且会逐步升级。

这些话在理论上也许是对的,但这些话只有在必要时使用,才会有价值。

这些话轻易地应用于每天的现实生活,岂止没有价值,反会令人生厌。隐藏在言语背后的自恋和任性会使人侧目。

男人早就对此了如指掌,并且厌烦这些话。对如此之说也早有戒备。

一般来说,女人是比较现实的,但在某些时候,往往毫无道理地做梦,游荡于极端空想的世界。

平时比女人还浪漫的男人,在这些时候赶不上女人。

男人的行为往往据情而变,心灵状态变化不大。女人却是很沉稳的,善于现实性思考,只在某些时候变成极端的浪漫主义者。

女人的这种波动比较激烈,反而显得男人很现实,而从本质上说,女人是典型的现实主义者。

这一点暂且不谈。

"只要爱我……"之说是女人特有的语言,前提是把某种条件强加于男人。

女人想通过这种好听的话来约束男人。

当然,女人的心理是可以理解的——想用这句话来确认男人对自己的爱,通过男人对于这句话的反应,来测定男人对自己爱的程度。

前面曾经提到过,这句话在遇到某种重大事件时,用一次才有价值和作用。

然而,出现在"只要爱我……"后半句的条件越是严厉,现实效果越是事与愿违。

对于比女人冷静的男人来说,往往觉得是在开荒唐的玩笑。

比如细究女人"只要爱我,我就应该比工作重要"这句话,试问:男人不去公司上班,怎么维持日常生活?首先穷困的不是说这话的女人吗?

因此,这些话都是游戏语言,不应完全当真。男女各说各的,互相应酬一下,就应该打住。

就像做什么事情都要有分寸一样,确认爱情也需要克制和忍耐。

可是,女性往往忘记克制,好发脾气且做过头,过后悔之晚矣。

而对男人来说,心情最郁闷、最忧烦的时刻,则是被所爱的女人反复进行这种追问的时候。

这种时候,男人会敏感地觉察到女人的任性,也会意识到潜藏在任性中的狡猾。

如果这一点反复出现,男人就会逐步了解女人固有的自私,并想逐渐地摆脱出来。

女人打来电话,男人也会有所顾虑:是不是又要说那些任性的话呢?他会懒得理会,继而对幽会缺少积极性。

对于某种情况而言,持续发展成为常态要比其初步产生时艰难得多。爱也与此相通。"绝对地相爱"只是一种神话。

所谓绝对的状态是表示一种固化而不动的状态。

"爱"这种东西或称为感觉是在不断变化的,没有一天恒定在同一种状态上。把它与固定和绝对相联系,本身就是错误的。

不能只要相爱,就漫不经心地说绝对。

相爱这种东西,是男女之间应该保持的最高端且最美好的状态。包含着互相做出的最大限度的自我牺牲和对对方任性或不和蔼的放纵。

这是一种理想的状态。

处于理想的状态时,与其考虑如何升华,莫如使之持续恒远。

因为已经身处山的巅峰,应该考虑怎样才能待得长久。

如果不是这样,很快就会从峰顶坠落。

登上巅峰,只要有恒心和毅力就能做到,而长久地在那里停留,仅凭恒心和毅力是不够的。

它需要忍耐和和蔼。需要用自己温暖、博大的胸怀容纳对方,而不能像个别女性表现出的视野狭窄、鼠目寸光及只重眼前利益。

比如O子,她认为现在不能把自己送到家的男人,将来也不会对自己好。通过现在的小事,能够探测出日后两人相处的大概状态。

这么理解似乎有道理,也正确。

常言道:两个人相处容易相爱难,确是事实。因为男女考虑问题的要点不同。

而这种不同,作为永远的隔阂,会一直横亘在男人和女人之间。

两人相处融洽时,生活就像流经房后碧水涓涓的小河,我描述为幽静而纤美的河,令人忘我和陶醉。

然而,一旦大雨倾盆,河水暴涨,立刻就会波涛汹涌而把两个人冲走。

幽静而纤美的河一旦波涛汹涌就难以对付,激流之中的男女会自顾不暇。

怎样超越这些而与对方和睦相处呢?其睿智和体贴成为两人关系能否持久的关键。

如果撒娇会成为两个人分手的原因,那恋爱之神是何等的讽刺与捉弄人呢?

占卜与赌博

一

两天前,我冒着小雨去新宿的伊势丹,看到西侧的一个角落里排起了长队。

净是女性在排队,起初以为是甩卖什么东西,追着队列一看,最前头端坐着一个中年女性,正在给人看手相。

据说这个算卦先生看得很准,人们好像用"新宿的母亲"这一名字称呼她。

写这样的事,也许会被认为是给算命先生做商业广告,其实不是。

这个算命先生曾在某报纸上刊登过一个《征婚》的广告。这样的故事听起来令人觉得滑稽而可笑。也就是说,连赫赫有名的算命先生,对自己的未来也同样既不能占卜,也没有把握。

事已至此,女性为何还趋之若鹜地找她算命呢?

我办公室所在的涩谷的道玄坂下,也有算命先生,京都八坂神社的石级左边,也有算命先生。排列在那些地方等候占卜的全是女性。

没有一个男性吗?我费力找,也找不到。好不容易找到一个男性,还是陪女朋友来的。

大概是在两人幽会时,女朋友提议:"让人给算算命吧!"并强行把男友拽来了。女性在认真地听着卦卜,男友则难为情地往后退了一步,默默地笑。

我的朋友当中,有人想博得女性喜欢而专心学习占卜,一到酒吧就主动给女性看手相。只要是看手相,就没有女性拒绝。

他对女性说:"你这个月一定会遇到很棒的男性。"尔后借机寻求与女性幽会,可以说,他是个足智多谋的人。

在算卦这件事情上,明确地表现出男人和女人的意向差异。

用"你是否相信占卜?"的问询来辨别男女,甚至比最近流行的性别检查办法还来得快。

关于女性喜欢占卜的理由,好像还没有专人进行真正的研究。

这应是精神病理学者和心理学者研究的项目,但是他们专注于精神分裂症或性格异常的分析与研究,对一般无足轻重的项目不予理会。

并不是说我要代替他们进行研究,只是自己对此做过思考。而且思考由浅入深,难于刹车。从男女的生理、心理到深层次的关联都想搞明白。大致得出以下结论:

女性与男性相比,自己决定自己命运的成分太少。幸福或不幸,小时候取决于父母,结婚后取决于丈夫。换句话说,依赖别人的部分太多。

因此,自己的未来与其不可知,不如让算命先生给预见一下更为直截了当。

这如同猿人信仰太阳和风雨一样。

在机械文明尚未发达之时,人的命运完全被自然现象所支配。具有人愿随天、抗争无用,一切都是天命的思想。

我预先说一下,这里不是把女性比喻成猿人,而是说女性和算命先生的关系,与猿人和自然的关系相近似。

这么说,也许会有妇女解放运动的斗士柳眉倒竖。勿怒!这只是一种假设,希望再往下面读一下。

二

如果说占卜是只有女性感兴趣的东西,那么赌博则是男性热衷而女性不感兴趣的东西。

包括赛马、赛车、麻将、花纸牌、扑克牌在内,赌博是男人极易选择的消遣方式。

并不是说女性中没有人喜欢,其喜欢的人数与男人相比,少之又少。

赌博什么地方这么吸引男人,却不能激发女人的好奇心呢?

对于这一点,依照前述再附加上简单的理由,如下所述:

首先是女性一般都很小气。因为小气,认为赌博必有金钱投入,是不划算的事情。其次是女人器量有点小(或许只是表面的,当遇到某种大事件时,女性要大胆得多),与其说是不想通过赌博占便宜,莫如说害怕自己会吃亏。

女人是很现实的,她们考虑赌博赚赔的不确定性,担心自己这里的钱会流失。

一些女性做事,往往优柔寡断:"也许……"因为我是男性,对此难以理解且无可奈何。

并不是为男性作辩解,男人无论怎么增长学识才干,也无法完全理解女性。女性真正的心思是怎么也搞不懂的。男人的理解或许只是对自己的见闻所做的猜测。

然而,男人对此也能适时改变态度:"就像自己不太了解自己一样,与女性靠得太近,反而会看不清女性的真实情况。如果适当拉开距离,改变考察角度,就能够准确地发现女人存在的问题。"

总而言之,与其说女性对未来寄托着很大的希望,莫如说更重视现时的一二百日元的存取。这是人们的共识。

从参加赛马的女性少、打弹子机的女性多这些事,也可以看出端倪。

赛马所预付的钱很多,而返回来的概率却很小。几十万日元买来的赛马券,随着赛事的结束,一瞬间会化为乌有。

打弹子机付出的钱数额不大。一顿晚饭节余的钱,就能用来在弹子机上消遣,而且可以在弹子出来前予以妥协,取走一瓶罐头或一条手帕,做到不吃亏或基本不吃亏。

得到的东西虽然小,但是实实在在的东西。

女性对赛马不那么感兴趣,大概也有其他缘由吧。比方说,有家政方面的琐事缠身,去不了赛马场;手头没有宽裕的钱;丈夫露出不太高兴的神色等,不一而足。

除去这些限制条件,女性好像不喜欢在业余消遣上大额投入。证据就是,独身女职员既有闲暇时间,又有大把金钱,使男性职员相形见绌,而说要买赛马券的人却少之又少。

有个女性是我的熟人,着迷打麻将,一打起来就忘了工作和丈夫。而这个人打麻将,只喜欢打麻将本身,对于附着于此的赌,并不感兴趣。

她很会打麻将,也有很多钱,但对于麻将的赌金,却显得有点吝啬:一千点出五十日元或一百日元。

这样,一个晚上最多付出五六千日元,她玩得兴高采烈、毫无倦意。

夜已深,其他人想收盘,提议提高一下比率,她则坚决不让步。

这才是真正喜欢打麻将,不增加赌资也不觉得无聊。否则,打麻将就变成了歪门邪道。

打一晚上麻将,损益一千日元或两千日元的男人,会说无聊。就那么点钱,赚了、赔了都无足轻重。说得夸张点儿,不是什么惊天动地、震撼人心的大事情。

然而,女人们从开始就不希望那种令人头晕的冒险性的赌博。

只是把牌拿来洗好,享受搓麻将的过程和聊天,对赌博完全不感兴趣。

男人们不理解女人,"竟对那种没准儿的占卜入迷"。同样,女人们对男人的行为感到惊讶:"竟对赛马那种事入迷!那就好像把钱扔到水塘里打水漂一样。"

女性对赌博不感兴趣,好像在世界各地是共通的。

三

如果有人问:"这世上最伟大的赌徒(赌博师)是谁?"英国剧作家、讽刺家乔治·萧伯纳会立即回答说:"是女人。"

理由是:因为会从自己的体内生出一个孩子来。

的确,生孩子也许是这世上最大的赌注。

乔治·萧伯纳阐述的理由很充分,生孩子确实是一件很了不起的事。

女人身体里看不见的卵子和另一方看不见的精子相结合而产生胎儿,并慢慢地长大。

在肚子里培育了十个月,到底能生出什么来呢?是男孩还是女孩?是像自己还是像丈夫?或是像亲属中的其他人?皮肤是黑是白？眼睛是圆还是细长？鼻子是高还是低？头发是多还是少？五体安康,有五根指头吗？出生时身体打挺哇哇地哭,还是软绵绵而无声呢？……

对于日后的这种赌博,非赛马和搓麻将所能比拟吧。

孩子与妈妈是相生的属相,还是相克的属相呢？这比赛马场上的"二至三"或"一至二"的号码更使人牵肠挂肚,但这与孩子出生前的紧张感相比,又算不了什么。

这两种赌博确实有着天壤之别。

孩子呱呱坠地后会健康成长,长大后会成为光源氏呢,还是日本小姐呢,或者是成为"全学联"①成员呢？会吸食大麻吗？会孝敬父母吗？有了下一代会受苦吗？想起这些事来,则永无止境了。

肚子里的孩子会在妈妈的期待中,很快地丰盈、壮大起来。

父亲对即将出生的孩子,也会有相当大的期待,并会规划和设计孩子的美好未来。但与在腹中孕育孩子并亲自生产的母亲相比,其紧张感和期待感远非父亲所能及。

这世上没有任何赌博会胜过妊娠与分娩,连产妇自己的命运

---

① "全日本学生自治会总联合"的简称,日本最大的学生组织,曾组织全国性的学生运动。

和痛苦都要受其左右。

假如男性们能妊娠、能分娩,大概就不会赌,不去参与赛马或打麻将。就是赌,也只是在赛马场里呼吸新鲜的青草气息,入迷地欣赏参赛马匹的美貌。玩麻将时,只是和投缘的伙伴闲聊着消磨时光。认为没有必要主动地赌很多钱。

与女性怀孕及生产的风险相比,赛马、赛车等都微不足道。

对于与妊娠、生产豪赌过一次或几次的女性来说,赛马、赛车等赌博都是荒唐的。

这也许不仅局限于经历过婚姻的人。

作为女性,谁都会有与妊娠、生产豪赌的可能性和机会,而且近在咫尺。其实,女性们会嘲笑对赛马、赛车抱有发财梦而冒险和呼喊的男性们。

"你们就是再了不起,也不能生孩子嘛。别说冒险发财,就是一个人横渡太平洋,也不会因此而改变你的人生,你的身体也不会好到哪里去。怎么会在赛马这等事儿上无端地消耗精力呢?"

现在是梅雨季节,有人有精神分裂症的迹象,这种病的第一特征是幻听,就是对方根本没说话,却听着像在说什么,这是最初的症状。也许我与此有点相近了。

看到对冒险经历或怪异故事缺乏热情的女性,我总认为她们一边在叙说这样的事,一边在嘲笑男性。

实际上,女性是不可思议的人,就连听说珠穆朗玛峰大滑翔、横贯北极等不同寻常的事件,也只是随声附和:"噢,是这样!"最多发点这样的感慨:"滑翔那么好,心情很爽吧。""北极挺冷的。"不像男人那样,期待的是震撼、感动或钦佩。

如果听的是捉拿妖怪的故事,就会越发不感兴趣,反应也更趋冷淡。就是讲白蛇精变成美女的故事,也会皱起眉头表示:"真令人可怕!"

她们不像男人们那样,会非常感兴趣地追问:"怎么样了?""为什么呢?""怎么那样了呢?"

一切都是自然而然地领会,若无其事地倾听。

看看她们由妊娠到分娩期间,身体呈现出的妖怪式的变化,说这说那都无关紧要。从那样苗条、柔软而美丽的躯体内诞生出一个活生生的孩子,连精灵善变的妖怪也是望尘莫及的。

以前和岩下志麻女士[①]谈话,偶尔谈到了孩子的事儿,她说:

[①]日本当代著名女演员。

"我妊娠时体态不正常啊。演技很难发挥,上台一紧张,孩子就在里面动。向着外面嗵嗵地来几脚,右腹一下突出来,又缩回去……"

她说完,嫣然一笑。

这不就是在经历身体妖怪式的变化吗?难怪白蛇变成美女的故事,她们不觉得可笑或稀奇。

"也许会有这种蜕变的事儿!"她们这样一句话就敷衍过去了。

与此相比,男人是多么纯真啊!为赛马会不会取胜而一会儿高兴,一会儿懊丧,又会为白蛇变成美女而惊叹。

这又体现出男人器量有点小的特点了。

四

如此思考一下,也许女性的一生都是在连续不断地赌。

妊娠、生产自不待言,好像对女人来说,婚姻也是很大的赌注。

人的内心和外表是截然不同的。婚姻也是如此,其完美与否,人们往往多凭外表判定。而婚后生活存在着各种变数,可以说是最危险的赌注。其危险程度,不亚于在赛马场凭马的容貌和风姿购买赛马券所存在的风险。

何况人与马相比,品质要坏一些。人对于完全能够把握的事情和尚不能完全把握的事情,处置的态度大相径庭。这是仅凭未婚同居不能弄懂且又相当微妙的地方。

婚姻对男人来说,也是赌注,这一点没有异议。但在若干方面,女性因对方好坏所受到的影响,要比男方大得多。

正因为如此,选择适婚的对象,对女性来说,是一件重大的事情,可以说关乎其一生。尽管她对别人的相亲也异乎寻常地关心。

在现在的婚姻关系和传统习俗中,受家族制度制约,女性结了婚,必须去丈夫那边居住。也就是所说的出嫁,嫁给某某。

思考一下,这是很重要的。假如男人结了婚,马上就去妻子家,让他接纳妻子的父母和兄妹,适应女方家的生活,恪守女方家的家风,恐怕是很难做到的吧。

何况从习俗、起居到饮食,都要适应对方,适应能力差的人一般很难做到。

因而,女人的后半生会因为嫁给什么人而发生很大的变化。

经常可以看到女性着迷地阅读登载着婚恋故事的报刊,有的男性认为她们很无聊!实际上,并不是这些男性就高雅和脱俗,而是他们没有受到婚姻影响,并未导致命运发生重大变化,所以才不将此当一回事儿。

男人们倒是对家庭外的事儿关怀备至。涉及公司里的人事变动或上司调整,就互相暗示,用眼色交流,显得很重视。而女职员对这种事情却毫不介意。

认为女性无聊的男性等于只看到别人的短处,尚未看到自己的短处。

我上高二时是男女同校,成年后的同窗会上大家能够相互见面。看到曾被认为是"别样的女人",由于嫁给了高官或富豪子弟而穿着体面,打扮时尚。曾被认为是"很有品位的女人",因嫁给了平常人而穿着朴素,挽着常见的发髻,显得很谨恭。

虽说人的幸福不是由外表来决定的,但是眼前的现实,或多或少地体现出女同学因择偶观不同而导致的后果。

与之相比,男人受到妻子影响的程度就比较小。娶到总经理女儿的男人,会相应地赚到一些便宜,但总体来看,主要还得靠自己的打拼以及才能、运气等,才能拥有相应的职位。

当然,不能说一切都是凭实力获得。聪明的男人明白自己所处的环境与条件。由于岳丈的作用不可低估,所以对于谋得的任何位置,都能够理性地接受和理解。

回首再看,女人的婚姻堪称一场赌博。

这个人将来会不会健康,会不会挣钱,会不会对我好?不怎么玩女人,会让我幸福吗?他的家属和亲戚会不会对我好?通过几次幽会,就要分辨清楚,需要比甩出一百万日元购买赛马券还需要更大的勇气和决断。

对女性来说,或许幽会本身就是赌博。

今天和这个人见面没事儿吗?要领着我去哪里?让我吃什么呢?男人会表现出什么态度,会说什么呢?如果遭到拒绝的话,他会生气,还是会笑呢?他的真心是什么样呢?

第一次幽会时,女人与男人一样,也会有着期待和不安,但是男人始终是主动的一方,或者说拥有主导权,与女性期待和不安的程度大不相同。

如果男人被甩了,对方拒绝再见面,他会怒不可遏地揍对方一顿。对于也许会挨揍的女性来说,这是一个富有刺激性的悬念。必须保持高度警惕,一刻也不能疏忽大意。

综合思考一下,从恋爱到结婚,再到妊娠、分娩和育儿,女人的一生可以说是在连续不断地赌。女性自身的确存在着诸多赌博性的要素。

女人的一生都在赌博,很难照着一个既定的模式向前走,所以才会喜欢占卜。无论时代怎么进步,女性幸福与否都希望通过占卜予以估量。

与之相比,男人的一生则因道路过顺而无聊。

像现在这样,社会的管理机构框架固定,男人就可以大胆设想自己的未来:大学毕业后,进公司工作,干几年能升到科长……甚至对小伙伴们也可以推测:同时期进银行者需要多长时间才能升职,进贸易公司的人会升得多高。当了公务员的,能晋升到何种级别。

少年时期产生的欲望,从青春期到壮年期都得以实现,直至进入老年期而退休。在这期间,身体基本上没有变化,更不可能有妊娠或生产等导致身体变化的要素。要说变化,充其量是到了中年,肚子鼓出来一点,头发变花白而已。这其中没有可以动摇身心健康的强力冲击。

因为没有变化,所以没有妙趣,男性自身不存在任何赌的要素。

正因为如此,男人们才会被日常的赌博弄得神魂颠倒,并希望通过这种活动来实现自己的存在感。

确实,赌博是对生活过于平稳、身体没有变化的男人们的一种精神补偿。

我并不想在此为男人辩解,以此求得女性对男人赌博的宽恕。

我不仅要说"赌博的男人不行",而且要说"赌博是埋在和睦家庭中的定时炸弹"。还想说"男人的生理是很无聊的,单调且空虚"——我只是在此提示大家对此思考一下!

被调解的爱

一

前几天,无意中瞥见电视上的早间时事节目。

平时很少看电视,但是一看很吸引人,不由得忘记了时间,尽管不是令人轻松的节目。

看电视,大脑一点也不累。完全不用大脑思考,靠条件反射就能理解内容。

这也就难怪孩子们爱看电视。当看到令人快乐、益智有趣的东西时,就不再想看书了。

同时我又觉得电视很可怕,因为一看电视就不想再写小说,它会转移人的注意力。

这么说起来,接受事物的一方比提供事物的一方快乐。尤其在看电视方面,接受的一方一点也不会感到疲劳。

如此这样看一晚上,也不会感到那么累。

现在日本人都追求快乐,影视文化恰好适应了这种需求。

电视是快乐文化的王者。

我一边对此感到钦佩,一边聚精会神地看着早间节目。

那天我被电话吵醒,走到起居间,看到电视开着,就顺便看了几眼,并不是特意选的那个节目。

由于没看到节目开头,后边的内容大致如下:

一个已婚妻子因喜欢丈夫的朋友而与其一起私奔了。其中有何原委不得而知。我看时,荧屏上正播放着私奔男女的身影。

已婚女子三十岁左右,穿着素朴,言辞拘谨,好像智商不低。私奔男子看着是个三十五六岁的公司职员,且像个正统之人。

被抛弃的丈夫带着孩子来到两人面前。丈夫好像是个木匠,身形瘦弱,看样子是个做事很认真的人。

电视的主题是:把搞三角恋爱关系的当事人聚集一堂,讨论如何修复濒临解体的家庭。

应该说,这种节目策划得不怎么样,参加的人也不怎么样。

这些姑且不谈。已婚妻子和私奔男友好像因互生爱恋已同居。

看到丈夫领着的孩子,已婚妻子的心理天平立刻就动摇了。

孩子说:"很想念妈妈。"她立刻把孩子搂过来,洒泪道歉:"对不起!"

丈夫则开始强烈地谴责私奔男友。

"我和你是朋友,你破坏我们的家庭,你忍心吗?多年来,我为了养家糊口,一直拼命地工作,下班马上回家,从来没在别的地方玩过。破坏人家含辛茹苦组建起来的家庭,你还是人吗?"

丈夫这样谴责道。

私奔男友只是默默地注视着脚下,已婚妻子则抱着孩子低垂着眼帘。

主持人借机问话:

"太太不想回到原来的家庭吗?"

妻子用手帕捂着眼睛,不作回答。

主持人又问私奔男友:

"你不想把女友归还给这个和睦的家庭吗?"

私奔男友同样不回答,脑袋老实地耷拉着,表现出绝不分手的意志。

"破坏我们的家庭,损害自己的家庭,你有权力让两个家庭都不幸福吗？"

丈夫越说越生气。私奔男友应当也有妻子。

主持人、嘉宾和自称评论家的人相继发言且言辞都很谨慎，一致要求勾引已婚女子私奔的男友反省。

指责他作为丈夫的朋友，"不应该给别人添麻烦""应该让朋友的太太回归到和睦的家庭"。

好像只要妻子回头，丈夫就能接受。或者说丈夫已在强烈期待妻子的回归。

然而私奔男友仍然不作答。

无奈，节目时间有限，主持人打圆场说："为了彼此的幸福，三位再慢慢地商量吧！"电视节目至此结束。

这算是寻常的故事。某个男人喜欢朋友的妻子，妻子也喜欢对方，两个人便私奔或同居了。而被抛弃的丈夫则四处寻找妻子。

终于找到妻子时，便动员孩子，要把妈妈拽回来。

事情要说严重，是很严重的；要说无聊，也是很无聊的。

当然，也有些人看着很有趣。

然而，目睹他人的不幸，只觉得有趣行吗？

看完这个节目，我强烈地感受到堂堂正正扎根于百姓日常生活中的电视媒体的可怕。

我深刻地认识到一切依从常识、仅从某个时点看问题、自恃主观观点思考或批判他人的"电视人种"的可憎。

二

一般人听到上述事件,思考原因时,往往认为主要是出于私奔男友的自私。

自己有家庭,也知道对方有家庭,还要破坏人家家庭,这能被允许吗?

再说他与女人的丈夫还是朋友。

哪怕就是再喜欢,也不能夺走朋友的妻子,这太不合乎情理了。

主持人和嘉宾都从这种思想出发,对私奔男友持批评态度。说了好几次"好好反省自己,重新思考一下该怎么做?"。

大部分人的同情心则集中在妻子与人私奔、自带孩子的丈夫身上。丈夫那种认真与不舍的态度,倍加引起了人们的同情与怜悯。

然而,这种观点是否过于程式化了呢?是否是极具可视性但太过肤浅了呢?

冷静地把握事物本质的观点不行吗?

发生这个事件,首先是男人不好。不!该不该说不好,还有待商榷。从事情的总体过程看,应该说男人有责任。

和朋友妻子私奔的男人肯定有责任,这是言之凿凿的事。问十个人,十个人都会这样回答。

然而,是不是只有男人有责任呢?

这种感情纠葛,绝不是仅凭某一方的单独行为就能够完成的。

也许有男人处心积虑的勾引,而下决心要和他一起逃走的,则是已婚妻子本人。即使被深深地吸引,如果她不愿意去,也完全可以不去。

如果妻子为此感到困惑,可以毫不掩饰地告诉丈夫。丈夫那样爱妻子,肯定会原谅妻子并与对方摊牌。

然而,妻子对丈夫一直隐瞒至今。其实,两人暗地交往已有一段时间了。

她全身心地爱这个男人,胜过爱自己的丈夫。

所以才会抛弃见面就泪流不止的孩子,从家里出走。

从出走到同居,是两个人都愿意的,没有谁好谁坏。两个人相爱至深,一刻也不愿分开。否则,两个已婚男女不可能抛弃各自的家庭。

假如论责任的话,两个人都有。不能光说男人不好,或者光说女人不好。

丈夫和主持人都只是责备私奔的男方。

或许他们错误地认为:妻子只要哭就是知错,用不着说服,主要是男人勾引的……

这不是太小瞧女性了吗?

但又好像是袒护女性,不承认女性独立自由的人格。

这是没有脱离在恋爱初始阶段,男人善于欺骗这种常识性的见解。故而主持人不仅不责备妻子,反而深表同情。

反之,被妻子抛弃的丈夫有没有问题呢?

电视节目没有涉及这一点。

大家只是倾听丈夫的自述:他是个认真能干的木匠,生活尚如意……从屏幕上看,他好像很诚实。妻子对此也没有反驳,大概就是这样的。

然而,只要老实能干、关心疼爱子女,这样就够了吗?

答案是否定的。

以前我的朋友有过离婚风潮,是他的妻子提出离婚的。

我的朋友是个中学老师,为人认真而诚实。他很少出去喝酒,可以说是"千呼万唤始出来"。要说玩的话,最多是打二三十分钟弹子机。一到周末,就开着分期付款购来的车,拉着太太和独生女儿,去近郊兜风。

每天的工作一结束,就径直回家。如果太太忙,还会帮着做饭。孩子出生之初,他每天都会独自给孩子洗澡。

他爱太太,什么都按照太太说的办。可以说是个和蔼、善良、尽职尽责的好丈夫。

但是,太太提出要离婚,理由则是他太过老实、认真、和蔼。

他每天一下班就赶回家,偶尔会喝点小酒快活一下,基本不在外面玩,顶多会打一会儿弹子机。回到家,会帮妻子料理家务,一边帮忙,一边插嘴。他做事小气,基本上没有零花钱。他态度和蔼,整天沉默不语,与之相处,会让人感到无聊,沉闷得要把人憋死。

不了解实情的人,听后会感到很惊讶。给两人做媒的校长夫人曾生气地说:

"这太太要求过高了!"

"是不是太过幸福而忘乎所以了?"

然而,站在妻子的立场上冷静地思考一下,离婚的理由或许也很正当。

如果丈夫花钱大手大脚、游手好闲、好色、酗酒、不喜欢工作,那确实是个问题。一般来说,有这样的丈夫,还是分手为好。实际上因此而分手的,的确为数很多。

同样,因丈夫认真、老实、人品太好而离婚的,也不乏其人。

从表面上看,这样的丈夫是好丈夫,具有的是美德。但事物具有两面性,对与其朝夕生活在一起的人来说,会为其老实背后的麻烦、讷言背后的无聊、人品太好背后的平淡而着急。而这背后的东西一旦被放大,就成了难以根治的痼疾,继而引起妻子嫌恶。

就像恶德的背面是美德一样,美德的背面是恶德。

这种说法,只有与之朝夕相处的当事者才能理解。

出现在电视节目中的那个男人"拼命地、认真地工作,从来不玩女人"。他越是这么说,越会激发妻子跑到另一个男人的怀抱去。

不顾体面地出现在电视上,呼吁移情别恋的妻子回家。并一味地以老实认真为招牌,来博取人的同情。难怪这样的男人会被人瞧不起。

电视聚光灯也想对准老实认真背后所存在的问题。

而在节目中人们只着眼于男人和妻子能否互相原谅这一点上。

这显然没有抓住爱的主题。

"男人和女人的爱究竟是什么？信赖是什么？"只有追究到这种出发点，才会得出结论。

只想在常规的框架内把握问题，只想以旁观者的观点予以调解。这是该档电视节目不能令人如意的地方。

三

假如在现实生活中，人们都是在常规的框架中把握爱，过去无数的男女就不会因此而感到痛苦，也不会引起人们的强烈共鸣。

作家也就不会追究爱到底是什么，也不会做出使之扎根于文学的那种努力。

所谓的爱，仅凭常识和规矩根本约束不了。

我越想越觉得，爱好像与健全的小市民意识缘分不大。真正的爱，好像更有魅力，甚至会有着恶魔般的气息。

这一点，只要是欣赏爱、追求爱、持之以恒坚守爱的人，多多少少都能意识到。

当然，我不是说爱在常规的框架中不能成立。

受到人们祝福的婚姻、与知心爱人蜗居的小家庭、儿孙绕膝的全家团圆——这都是常规生活中的爱。也是得到社会承认、获得市民权的爱。

然而，世上并非只有这种常规生活中的爱，没有获得市民权的爱也不计其数。包括看不到的、更富有人情味的、浓密而炽烈的爱。

爱在常规这一框架中，不是全部能装得下的。

所以说，爱这种情感是高、大、上的，不会局限于人们在共同生活中形成的常规框架。

过去曾经流行过佐良直美的歌曲《世界是为两个人而存在吗？》。喜爱并高声歌唱这首歌的恋人们，确信自己已处于爱的巅峰，世界只为他们而存在。

然而，"世界是为两个人而存在"这一构想是多么傲慢与自私啊。

当今的世界，是为万事万物而存在的，绝不是只为相爱的两个人。

这样说，也许有人会挑剔：用不着对流行歌曲吹毛求疵吧！我为此而陈词的因由是，歌词赞扬了两个恋人心中的骄傲与痴狂，不仅会负面影响正在谈恋爱的人,而且会让没谈恋爱的人误认为那是理所当然的。

人在恋爱时,会认为世界是美好的,是为自己而存在的。这种以自我为中心、不顾他人感受的姿态也是随处可见的。

动物在发情期间,会围绕着争夺一只雌性展开浴血的斗争,有的会为此丢掉性命。

人不会做那种荒唐野蛮的事,但也有性质接近于此的纷争。

就连受到大家祝福的婚姻背后,也不一定没有为此而哭泣的男人或女人。对于被剥夺了爱的权利的人来说,夺走的人就是敌人。

爱常常一方面塑造加害者,一方面产出被害者。双方都圆满的情况不是很多。

假如爱是为大家而存在,人人和睦相处,共存共荣,那该是多么美好的事情。可是,与此相悖,爱的本质是自私的、排他的、以自我为中心的。在此,自私自利成为一种必然。

"你破坏人家和睦的家庭,不觉得有愧吗?"

在前面提过的电视上,丈夫如此责备私奔的男人。

"像你这样的人,简直是毫无羞耻的人渣!"丈夫开骂道。

然而,一个男人的激情在燃烧,已婚女子对此做出强烈回应时,还会在乎"家庭""贞操""常规"这类事情吗?

而且下决心想要保住这份爱时,两个人完全不怕成为地道的加害者。

"作为一个男人,应该懂点道理吧?"主持人喃喃自语。

这个男人过去也许是通情达理的,看上去也不坏。与年龄相比较,给人比较稳重的感觉。他好像一直很喜欢朋友的妻子。正因为喜欢,才越轨而行,跑出来与之同居。明知道会被朋友骂,还铤而走险,忘乎所以。

如果不喜欢,大概也不会做这种事吧。要是懂道理、通人情,能抑制住自己,就不会发展到如此地步。会在适当的地方妥协,或者是死心吧。

或是几次想抑制而抑制不住,燃烧的激情驱使男人超越道德和理性的底线,不顾颜面,和女人私奔了。那一刻,在他的世界里,只有这个女人了。

他圆满了自己的爱而严重伤害了别人。

从这个意义上说,他是个极其富有热情的男人。

丈夫和自己的妻子应该永远相爱!第三者不应破坏别人的家

庭,夺走别人的妻子!仅用这种日常规矩的陈词滥调责备男人,可能没什么意义吧。

男人已经在超越常规,女人回应的激情正熊熊燃烧。对于游离于常规之外的两个人,仅以常规的条条框框评论善恶,没什么用。强迫他们反省,也没什么意义。

两个人不会不知道自己对社会做了坏事。这点良知,恐怕连中学生都会有。

两个人是明知故犯,为满足私欲才跑出去的。

用常规责备他们简单而空泛。这些东西过于平凡而老套,甚至使人觉着有点荒唐。

凭常规能理解和约束的东西不少,但激情是抑制不住的。

为什么会产生那么强烈的爱呢?这要从另一方面考虑,才能解决问题。

四

我们一般认为:"爱是世上最美好的情感。"

经常有人说:"要和喜欢的人结婚!""相爱的人走到一起最幸福。"

这些不是哪位圣人教的,而是人们自然的理解、领会和感受。

影视文化也承认这些东西,对没有爱的婚姻予以强烈谴责。

现代人的爱情,不会被过去那种封建的、愚昧的人情世故所束缚,也不会被身份、地位和财富而限制。相爱的人要结合,别人谁也阻挡不住。

媒体常常在早间节目或午后时光中,落落大方地赞美爱。

然而,"相爱的人应该结合"与"破坏他人家庭的人应该制裁",应该怎样辩证、怎样有机联系呢?

假如名义婚姻是个错误,应该和真正喜欢的人生活在一起的话,那么,私奔的那对男女一点错误也没有。

因为已婚妻子从丈夫那里已经感觉不到爱,待在家里抑郁、烦闷,一刻也忍受不了;私奔男友则不能专心爱妻子,脑子里全是另一个已婚女子。

两个人都觉得自己的婚姻形同虚设,生活单调乏味,就满怀激情地并肩出走了。

他们忍受着各种指责和谩骂,只为相互真诚的爱。

单从结合的根基看,两个人没什么可受指责的。相反应该赞许这种常人少有的纯真和勇气。

然而,常规这个怪物如同其他事物一样,也具有两面性,往往是一边推崇爱情至上,一边扼杀爱情,故而仅从道德伦理的背面指责两个人。

"和睦的家庭被破坏……""懂道理的人不应……""置他人于不幸……"

用老掉牙的常规,追问得他们走投无路。

那么,两个人该怎么办呢?

被常规或面子一直压抑,默默忍受名存实亡的婚姻,和不喜欢的人过着日复一日的生活,这样好吗?

如果就此咨询电视上的生活顾问,毫不隐瞒地说出这种烦恼,他们兴许会说:"你要是真的爱他,就应该和他在一起!"

或者会装作明白地说:"感情会随着岁月的流逝而发生变化。人不能总有年轻时的浪漫。"

不管怎么说,现实中如果私奔的话,就是节目中这种受批判的状态。

这就不难看出,面子或规矩这些东西有时与爱是不能共存的。用这些东西来调解爱,至少是错误的,也是难以奏效的。

人之所谓的爱,本身是极其利己而主观的情感。从原则上说,是自私的、排他的、具有斗争精神的东西。与此相反,常规或面子是公序良俗,从原则上说,是一般的、通行的、约定俗成的东西。

用俗的东西调解私的东西,这本身就是错误的。

这就像健康人苛求病人的行动与自己毫无二致,不合情也不合理。

爱这种东西,是不能完全用常识和规矩来调解的。如果能用这些东西来调解,事情自始至终都会循规蹈矩。

爱最终是属于个人的,是当事人才拥有的。局外人说三道四,是抓不住问题的根本的。

爱不只是精神,而是包括肉体在内的两个人的灵肉合一。当事人之外的其他人介入,也就没有了意义。

局外人只能提出参考意见,谨慎地予以说说而已,并没有调解的权利。

所以,我看电视上的此类节目,不评论谁好谁坏,只去想,不去说。

只要是对爱曾经有过烦恼的人,对这样的事情就不会冠以简单二字。

爱不是常识,而是更富有人情味、更根深蒂固的人类情感,其作用是不可估量的。只要认识到这一点,就能更谦虚、更冷静地看待别人的爱。

仅用常规来调解爱,凭借的是狂妄自大的感觉,继而会成为导致现代人的爱情之地荒芜而贫瘠的罪魁祸首。

论年轻

一

青年人年轻而美丽不是再平凡不过的事情吗？

有人对此则不以为然。

"不能这样讲！年轻人之中有美丽的人，也有难看的人。美丽不分衰老和年轻。"

他们说得也对。同样是二十岁的女性，有人秀色可餐，有人就谈不上很美丽；有人比实际年龄显老，有人则显年轻；有人具有城市人的高雅，有人则显得庸俗或猥琐。美丽是因人而异的。

这里所说的美丽，并不单纯指面孔的美丑或装扮的优劣。

超越每个脸庞和装束，年轻就是美丽。

比方说，有人身材不好，有些肥胖，鼻子多少有点冲上，因为年轻,也具有其相应的美丽。

即使穿着便宜的T恤衫,穿着皱皱巴巴的牛仔裤,年轻人也有年轻的样子。

他们让人感觉不到贫穷和悲惨。虽然没有钱,却拥有青春芳华,这会使年轻人更加引人注目。

假设一个刚步入老年的人穿着皱皱巴巴的西服、穿着没有裤线的裤子、穿着看上去很冷的外套走在路上的话,会让人做何感想呢?这会让人看着落寞,会让人感觉到人生的落魄与凄凉,从而感到心酸。

然而,年轻人无论多么贫穷,也不会和可怜联系在一起。非但如此,相反会从贫穷中感觉到青年的自豪和气概。

青春具有将一切不利变为有利的魅力。

这也是只有年轻才能具有的威力。

但仔细一想,青春的魅力也掩盖着青春的问题。青春独具的能够弥补贫穷、难看、幼稚的威力,同时又是青春的缺点。

这种缺点就是无论什么样的年轻人,都能拥有青春。

也许有人会讥笑:"这事儿无须提及,年轻人拥有青春不是自然而然的事吗?"

正因为这事自然而然,所以会经常被人意外地忘记一些东西。

青年人无论姓 A、姓 B、姓 C,是男、是女,都洋溢着美好的青春。

当然,青春的焕发状况因人而异,然而,这只是表现程度的不同。年轻基本上是一样的。即使青春的发挥存在差别,"年轻"这一共同的特征也是客观存在的。

而所谓的大家都拥有美好的青春,换句话说,就是大家都拥有青春的美好。

比方说年轻女性,人都很美丽,胖也好,瘦也好,肌肤有张力,显得生机勃勃。当然也没有皱纹。

她们也用不着像中年妇女那样担心肌肤衰老和皱纹隐现。

即使五官不端正,相貌多少有点差,青春也能够弥补这一点。青春可以让不好看的面孔令人赏心悦目。

当然,这是有点挖苦的说法。但是,比较一下某个妙龄女郎和并肩在一起的母亲,就能一眼看出端倪。

母女两人,一般长得像,五官和脸型会一模一样。妙龄女郎一上年纪,就会像极了旁边的妈妈。

这是题外的话,后面再详述。现只讲我认识的一个年轻编辑。

他喜欢一个女孩儿,女孩儿去年刚从四年制的大学毕业,二十三岁,据说五官长得不是特别漂亮,但因年轻而迷人。

据他说,前几天,他见到女孩乡下的妈妈后,想与之结婚的热情不由得减弱了。

"是那个妈妈有点特别吗?"我问。

青年一边挠头,一边说:"不是这个原因。她妈妈非常客气,彬彬有礼,是个比较端庄的人。只是一想到这个姑娘过上二三十年,就会像她妈妈一样变成难看的老太太,就觉得很丧气。"

"人上了年纪会老化是自然规律。想日后的这些事儿是杞人忧天。虽说她们是母女,年老时的容颜姿态也不会完全一样嘛。"

我这样说,或许是作为旁观者的片面之说。

而对这个青年来说,想象与其生活一生的妻子会变成那样的老态,也许还是很难过。

当然,这么说也许会受到还击:"你说什么!难道男人上了年纪,不会变成满面皱纹的老头儿?"

年轻人考虑结婚时,往往把自己的条件放置一边,净向对方提要求、发顾虑。

青年也明白这一点,但还是这样说。

"我原先觉得她不是特别漂亮,算比较漂亮。我的朋友一半左右都结婚了,跟他们的妻子相比,她不逊色,感觉还是相当好的。但是这次和她妈妈见了面,才感到她并不像我原先认为的那样好。她长得还是像妈妈,眼睛虽大但目光呆滞,鼻孔向上仰着,可以说下颌里头腭骨那玩意儿,意外地突出着。"

"已经见过好几次面了,这些你应该早知晓嘛。"

我说道。

"按理说是这样,可怎么就没发现呢?"他左顾右盼,不知在想些什么。

看到他困惑,我不由得觉得可笑。

这个青年看到她母亲的面孔时,才注意到姑娘面孔的原型:圆圆而目光呆滞的眼睛,鼻子有点像蒜头,腭骨有些突出。这种脸形是母亲遗传的,也是一直所具有的。

只是青年觉得这人可爱、迷人。虽不是标准的美女脸,也是一张不令人讨厌的明朗的脸。

然而见到了其五十多岁的母亲,才注意到姑娘的五官不是那么端正。其实从那姑娘的总体容貌来讲,某些人会把她看作是丑女。

假如两人相恋的过程的确是这样,原先使青年产生错觉的原因是什么呢?比照她的妈妈,不再将女友的美丽视为美丽,原因又是什么呢?

这一点无须赘言,其实就是她的青春,那是妈妈所没有的东西,只有女儿拥有"青春"的美好。

两人容貌基本一样,一个看着像美女,另一个却不怎么有魅力,区分二者的只是有无青春。

思考一下,这是很残酷的现实。

只是失去了青春,母亲就不能成为青年感兴趣的对象,女儿拥有青春,就能得到人的喜爱。

并非只有青春才能决定人的价值,但是男人们往往只看重青春,这也是令人遗憾的一点。

如同看人不要拘泥于外表,但大部分人还是会拘泥于此。

在现实生活中,青春的价值确实很大。

这个青年最后和这个有着蒜头鼻子、滑稽而可爱面孔的女性结婚了。

"我觉得人上了年纪,都会变老啊。"

青年向我报告婚讯时这样说,而且说着说着笑了。

像他这种情况,最后结合是明智的。假如分道扬镳的话,"青年见到妈妈"就成为两人关系破裂的致命伤。

这或许是挖苦性地开玩笑,或许姑娘的妈妈本来就不应该跟着去相亲。

"我爱的人上了年纪就这样吗?"

看到坐在旁边青春逝去的妈妈,男人的信心会产生动摇。

也不是所有的青年都会想得这么长远,也不能说别的青年不会产生这种心理和顾虑。

二

年轻确实是伟大的武器。

假如母亲与女儿容貌、体态基本一样,但男人们会对女儿倾心,往女儿那里聚集,不怎么愿意靠近母亲。

这对所有的男性来说,都是一样。

反之,处于成年期或壮年期的男性,会有女性乐于接近,对老翁感兴趣的女性则少之又少。

年轻会超越地位、经济能力甚至人格,成为一种财富或资源。

当然,年轻也不是绝对的"完美无瑕"。年轻也有隐藏着的陷阱。

之所以这么说,是因为与年轻相伴随的往往是理智上的不成熟。

我不想在此列举年轻的缺点。年轻而不成熟是免不了的,不成熟相反会在某些方面增加年轻人的魅力。年轻人也没有必要为不成熟而感到羞怯。

更为重要的是,前面已提到过的,年轻是所有年轻人共同具有的财富。

"年轻不是只赋予一个人的特权,而是赋予一代人的特权。"

这件事,对于上了年纪的人来说,年轻人是值得自豪的,但对于同龄的伙伴们来说,这既不值得自豪,也不值得炫耀。

换句话是,对于同一代人来说,年轻没有任何优越感。

这如同人有两只眼睛、一个鼻子、两个耳朵一样,是极其平凡而自然的状态。

年轻毕竟是一个同龄集团的特征,而不是个人的特性。

女儿之所以比母亲受欢迎,只因为女儿比母亲年轻,再也不会有其他的了。

而与衰老的母亲相比较,任何一个年轻的女儿都会引起男人的兴趣。

如果是母亲比女儿更能引起男人的兴趣，那就很荒谬，也会令人感到困惑。衰老与年轻是无法抗衡的。

人在年轻之时，美丽是极其平凡的事情。所谓的年轻，不就是指这个人正处于最美好的青春年华吗？

这种说法或许有点不雅，但不年轻而美丽，非常难以达到，也很不正常。

超越面庞、容貌、形体的妍媸，人在年轻的时候都是漂亮的，看着爽而不腻。

这不仅限于人类，动物在接近成年、花卉在灿烂绽放之时，也会显得异常美丽。

年轻确实是美的原点。

然而，好像还要絮叨，这不过是某个时期呈现在同一代人身上的共有之美。

这也是人、动物和花卉达到一定年龄段时，被平等赋予的权利。

年轻只是生物成长必然经历的一个过程，既不是更高的东西，也不是更低的东西。

年轻所拥有的美丽,不是凭个人的才能和努力而获得,就像身体会长高一样,只是自然发育过程中的一个阶段而已。

从这种意义上说,年轻是美丽的,但不是值得自豪的。

前面提到的隐藏在年轻中的陷阱,就是某个人或某个时期,误把年轻视作自己所具备的才能并加以夸耀。

实际上,只不过是自己身体长高了、手脚长大了而已,却误以为自己得到了什么特权。

这在面向同一代人时,没有任何优越感可言。只是相对于老一代人,才能体现出青春独有的价值。

这是人在年轻时极难警惕的一种陷阱。

不过,让年轻人产生错觉,跌入陷阱,上了年纪的人们也有一部分责任。

上年纪的人们过于怀念流逝的青春,在某些方面会过高地评价年轻。

他们会嘟囔:"年轻多好啊!",还哀叹:"人家年轻,多美丽啊!"话里细微之处隐含着嫉妒。即使嘴上贬低年轻人,但从青春活力上自叹弗如。

然而,上年纪的一方面向往和嫉妒年轻人,一方面又想要宽恕年轻人。

受到极端影响的暂且不谈,想要默认因年轻而带来的某种程度的鲁莽和乱来。

此背景下也有自己年轻时曾经乱来的这种自省意识。觉得自己为所欲为,只责备年轻人是很荒谬的。

然而,也并非仅限于此。

上年纪的人们觉得青春确实是美好的,认为自己已经没有青春了,但同时也清楚青春确实很快就会消逝。年轻而美丽的时光,仅限于某个时期,青春确实会消逝。

上年纪的人们作为青春的经历者而回顾过去时,亲身体会到青春只是短暂的一瞬间,很快就会消逝。

也只是在某一个时期会任凭年轻而乱来,或者乱跑乱动。不久,仅凭年轻而无法应对的另一个时代就会凌驾在现在的年轻人头上。

经历过青春的人们会宽恕年轻人,一定是因为了解这一事实:这种青春是不会持久的。所有的人都享有青春,但青春很快就会悄然离去,衰老会渐渐逼近。

假如只有现在的年轻人永远享受青春,那么上年纪的人们可能就不会如此宽恕年轻人了。

假如只有一些人永远年轻,而他们自己却要衰老,那他们就会说这样不公平而会闹事。

然而,青春对所有人都一视同仁,不会厚此薄彼,不会因人而异。

富裕的人、贫穷的人、有才能的人、没有才能的人一律平等。这也是在这个世上活下去的表面上的规矩。正因为了解这一点,年长的人虽然也嫉妒年轻人,但能够默默地包容。

而青春的可怕,正是在于其来去匆匆这一点。

而且正处于青春的鼎盛时期,人们很容易注意不到这种青春的珍贵。

知道青春很快就会消逝、衰老已经逼近,但是想得没那么具体。思想上理解,身体上却感觉不到。

一方面觉得自己的青春所剩无几,另一方面又觉得余勇可贾。于是某一天突然觉得青春这一时代已经结束时,会愕然不知所措。

觉得原先应该那样!也应该这样!但是青春这一时代的步伐却匆匆地走远了。

相比地位、财产、名誉,人的青春辉煌只是一时的。青春不像地位、财产和名声那样,比其他东西更加明显地主张存在。接触上年纪的人时,就会感受到青春无比优雅,而面对同时代年轻人时,却体现不出任何的价值。在同样的年轻人当中,青春是件极其平凡而不值得一提的事。而在青春的大潮之中,也不会看到青春的优雅。

人有时觉得年轻有价值,有时又觉得碍事,总在其中间过程中摇摆。突然注意到其价值连城时,青春已经结束了。

人在年轻时,不懂得青春的优雅,也意识不到它会转瞬即逝。曾听前辈说过,以为自己懂得,实际却是没有从根本上理解。

这也是我现在回顾青春的真实感受。

三

年轻而美丽、年轻而纯粹的人不计其数。这似乎是青春所具有的一种潜质。

犹如青春和不成熟必然兼有一样,年轻而美丽或纯粹也是极其平凡的事情。

这如同幼儿被人说可爱、被人夸聪明一样,属老生常谈。

年轻本来就是美丽的,也应该是纯粹的。这种潜质是不经特意努力就能够获得的。

从很多年轻人兼具美丽和纯粹这一特点来说,这只是极其普通而平凡的现象。

就如同很多中年人因皱纹增加而带来的装模作样一样,是常有的普遍性的状况。

所谓美丽、纯粹等形容词,只不过是被用来描述平凡而常见的年轻人而已。

现在的老人们过去也曾经美丽过,靠妥协活着的、狡猾的中年人也曾经有过为祖国而献身的纯粹思想。

因而所谓的年轻、美丽、纯粹等,是不值得一提的事情。至少是不值得自豪的事情。

问题是,作为原则,能把这种美丽和纯粹维持到什么时候呢?

人不仅是在年轻之时,而且在上了年纪之后,还能维持这种美丽和纯粹吗?还能维持多久呢?……

人在二十岁时美丽,是极其平凡的。三十岁美丽,是值得注目的。四十岁美丽,是相当不错的。五十岁依然美丽,就可圈可点。而到了六十岁,还能美丽和娇艳,就是难能可贵了。

对精神的纯粹而言也是如此。

人在二十几岁,纯粹地热衷于一项运动者或愤恨世间不正当行为者,不计其数。强烈的青春感知和旺盛的斗志、精力,使他们不能保持沉默。

也有众多文学和诗歌爱好者,常常沉浸在某种浪漫的幻想之中。

青春会唤起各种遐想……

到了三十几岁时,仍然保持精神纯粹的人就相对少了。处于日复一日的繁忙工作和家庭琐事这一现实生活之中,仍然保持浪漫主义是很难的。到了四十几岁,就更加困难。如果能将纯粹维持到五十几岁、六十几岁,可以说是艰难而非凡的。

要点就是持续的问题。

和众人一样是平凡,和众人不一样则是非凡。

年轻之时美丽而纯粹是平凡,因为大部分人都是这样的。上了年纪仍然保持美丽而纯粹,就是非凡的。

然而,事物的可怕在于人们会在某一时期忘记这种冷酷的事实。

人们往往以为现在的美丽和纯粹,是上天赐予自己的才能。在这种平凡的美丽和纯粹中,觉得自己什么都会做,甚至产生这种美丽和纯粹会永远持续的错觉。

这种错觉本身并不全是消极的,青年旺盛的斗志和创新的力量会由这种错觉产生出来。

事实上,历史和社会也是这样变化而来的。因为年轻而天不怕地不怕的抗争性,也曾经使沉睡的大众觉醒。

这种青春的美丽也曾经使上年纪的人们精神振奋。

不管怎么说,这种美丽和纯粹,与其说是每个人的才能,不如说是青春年代人们共有的才能。不是单人的个体,而是庞大的社会群体。

这和"因为年轻,才能做到"这种说法非常接近,可以说是年轻人共有的能量。这是一种伟大的力量,但与才能略有不同的是,这种能量过了青春期就会淡然而去。

上了年纪的人们宽恕年轻人,也一定是看清了这一点。

年轻、纯粹、精力都不是持续长久的东西。即使它们现在璀璨夺目,不久也会消逝的。

这就像白天过去夜晚会降临一样,是不以人的意志为转移的。

正是因为了解这一点,上了年纪的人们一边羡慕、赞赏年轻人,一边默默地注视年轻人的轻狂和妄为。

仔细思考一下,人之所谓的年轻,就像沿着狂风肆虐而陡峭的山脊,径直向前行进的一种精神。

如果径直前进,不定在什么时候,会被狂风吹跑。真是明知山有虎,偏向虎山行。虽然不晓得会在哪儿被狂风吹跑,但是必须要前进。

在被狂风吹跑以前,仍醉心于山脊的美丽和纯粹。

只有经历过被狂风吹跑而伫立在山下向上仰望的人,才会知道它的凶险。

行走在狂风肆虐、陡峭的山脊中的,并不只是几个年轻人,而是有无数个年轻人在前赴后继地挑战凶险。

他们挺胸抬头,大摇大摆,同时也带着几分不安。尔后某一天,很多人又从山脊上被狂风吹落了。

在行进的人群中,一部分人只想进一步地往上攀登,能到何处到何处,只有极少数人想登上山顶。

山脊下面也有不计其数的上了年纪的人们,他们一直在关注着年轻人的动向。

人们在山脊上被狂风吹落后,才知道年轻不是才能。

年轻而美丽是极其平凡的。

年轻而纯粹也是极其平凡的。

年轻人对自己青春的把握,或许首先要从了解这些情况开始。以这些事实为基础,踏踏实实地审视自己。

只要坚持磨炼自己,兴许就不会在某一天悲剧性地从山脊上跌落下来。即使跌落下来,站稳之后,或许能爬得更高。即使从年轻这种"山脊"上被吹落,也能做到从容不迫。

然而,年轻往往会使人忘记审视自己。使人产生一种错觉:现在的青春是才能,会永远持续。

忘记自己正处于青春鼎盛期,误认为青春会永久持续。也许这就是与青春结伴而行的残酷,也是令人啼笑皆非之处。

要持续的关系

一

前几天,听画家A女士讲了下面一个故事。

她每年与某个作家在某个宴会上幽会一次。那个宴会是包括文坛和画坛在内的有关人员广泛参加的宴会,两个人都能受到邀请。

她所幽会的作家姓K,年龄超过五十岁,是一位相当著名的人士。

她说是以前在为一个会议打工时,认识的那个作家。

当时,她还是美术大学的学生,不是画家。K氏比她大十岁,也是个经常在同仁杂志上投稿的无名作家。

对于两个人的关系,彼此都没想到会发展成现在这样。

她喜欢Ｋ氏。当时她并不知道他作为作家是否有巨大成就，而只是喜欢他的纯真与丰富的感性。怎么说呢，她比Ｋ氏更迷恋对方。

后来，她从美术大学毕业，当了画家，和一直做公司职员的丈夫结婚，生了两个孩子。

她丈夫对艺术基本不感兴趣，但为人和蔼，对她的绘画事业很理解，很支持。

再后来，Ｋ氏得了个文学奖，成了有名的作家，同时成为文坛的中心人物。

他们两人一直借一年一度的宴会幽会，历时十多年，已形成了一种习惯。

她只要没有什么特殊原因，是不会缺席这个宴会的，Ｋ氏也一定会来。

跟当时谁是获奖者及宴会内容关系不大，两个人都为幽会而来。

两人一般是在宴会之后，找个地方，一边简单地喝着东西，一边闲谈。最后，她驱车把他送到家。看到他进家门后，她再回自己家。

一年见一次,仅此而已,已经重复了十多年。

"一年见一次,就像是牛郎与织女。"

她一半认真、一半诙谐地说,看样子很开心,也对两人晚上会面的事情很满足。

"你现在仍然喜欢K氏吗?"

我欲稍微捉弄她一下,她歪头思索后答复:

"是啊,一想到能见面,心里就怦怦地跳,还是喜欢啊。"

但转而又兴奋地说:

"不过,喜欢他和喜欢丈夫不是一种感觉。对他的喜欢更纯粹,是一种克己的感情啊。"

"纯粹吗?"

"是的,和K先生的交往不掺杂任何杂质,只是单纯的喜欢。"

她对于这一点,毫无羞涩之情。

"那K先生呢?"

"我不知道。我觉得他对我有好感。他一定会为此参加宴会,而且见面后就会马上与我交谈。"

"他也有各种应酬,是个大忙人吧?"

"是啊。但在那一天,他一直陪伴着我,最后乘我的车回家。"

"这大概就是男人的优雅吧!"

"是的,他这些地方很纯真,是个细心的人啊。"

"只是这样交谈吗?"

"当然只是这样。"

"没想过和 K 先生结婚吗?"

"说没想过,那是瞎说。不过,保持现在这种关系就很好,我很满足。"

"要是结婚的话,会怎么样呢?"

"不知道。但是,我觉得像现在这般纯粹是难以为继的。"

我们的这番对话,是毫不出奇、极其平淡的对话。

他们作为四十岁的女人和五十多岁的男人,其纯洁的关系,也带点孩子气地反映出来。

这里面也确实存在着男女之间某种微妙的关系。

乍一看,这故事不具有现代性。但故事根据传统的观点,表现出了极其纯真的男女之间应有的美好关系。

二

相爱的男女,以结婚为目的,不久便住在同一个屋檐下。

这被视为现代人相爱的一般发展模式。

然而,这种做法到底是不是理想的呢?从爱到永久这一观点看,是否是绝对应有的状态呢?

确实,人一旦相爱,男方和女方都希望待在一起。

爱是一种独占欲,总想把所爱的人放在自己能把握的范围之内,朝夕相处,而不愿意对方离开片刻。

实际上,激情燃烧的男女,的确可以通过待在一起,而互相确认爱、理解爱和加深爱。

现实条件下,如果满足双方各自的占有欲,可能结婚是最好的方法,也是最合理的方法。只要提交结婚登记书,成为夫妻,无论是住在一个家里,还是一起去哪里,都不会受到谴责。

可以说,通过结婚,两个人初始的爱就大致完成了。

然而在爱的持续方面,结婚是最理想的模式吗?现在,暂且不探讨如何使爱能持之以恒。

以前男女结婚,大都通过中间人牵线搭桥,结婚成为两个人相处的开端,也可以说结婚成为相爱的起点,而不是终点。

一般是通过结婚这一形式,住到一个家里,彼此了解各自不了解的东西,通过接触和理解来培育爱。

而现代人的恋爱结婚已过渡为一种自然而然的形式,他们无须媒人牵线和第三方搭桥,就可以彼此相悦,成为男女朋友。

不言而喻,他们的爱,是从恋爱开启,然后加以精心培育。关怀对方、彼此宽容并加深理解是最真挚、最积极的动因。

两个人相互了解,觉得能跟对方过一辈子,才下决心结婚。

爱经过培育和考验,相互认为靠得住时,结婚这种形式就完成了。

应该说,现代男女不是通过结婚开始爱,而是通过结婚完成爱。

从这一意义上看,现代的婚姻并不是起点,而是终点。

因为爱的起点与终点各不相同,所以会对婚姻关系投下相对的阴影。

比方说,以前,一般是在不了解对方的性格和爱好的情况下就结婚。同时,男女婚前很少发生肉体关系。

也有极端的情况,如同笑话讲得那样:某某和某某,连面都没见过就结婚了。

也有仅知道对方名字、长相和职业就结婚的,而且这样的人为数不少。

这种婚姻,不是重视人与人之间的爱,而是重视家与家的联姻,其结果,必然会导致发生各种悲剧。

有的人不了解对方的性格就出嫁或迎娶了,婚后怎么也喜欢不起来对方,于是就弃家而逃了。有的人则是压抑着自己的不满而煎熬度过一生。

战后,出于对这种婚姻的反省,人与人之间的爱得到重视。不再出现连对方长什么样儿都没见过就结婚这类婚姻了。情侣们几乎都是先恋爱后结婚,就是通过他人介绍,也是长时间充分地交往,在基本了解对方的基础上再结婚。

对方的职业和收入自不用说,从爱好到性格甚至到肉体的各方面情况,都了如指掌。

他们不再对结婚感到不安或恐惧。结婚已经日趋现代化,从某种意义上说,社会有了很大的进步。

然而,这是不是就意味着完美无瑕呢?在获取种种益处的同时,有没有失去什么东西呢?

结婚时相互过于了解,或许也有一些不幸。

这些不幸,就是因为对对方过于了解而难以受到感动或保持新鲜感。

他们难以在发现对方的某些优点时感到震惊,也难以在享受性的愉悦时感到新奇和亢奋。

如果问他们住在一个家里干什么,那就只是重复原先所习惯的事。这里没有不安和恐惧,同时也没有那种令人窒息般的感动。

只有两个人结为夫妻这一沉重的现实。

也可能有例外。一般来说,他们进入婚姻,不再有自此培育爱的紧张感。至于两个人的爱,他们自己和大部分人已经确认完毕。

与其这样说,莫如说今后怎样维持生计、什么时候生几个孩子、怎样返还住房贷款等这类现实情况已成为主要问题。

当然,并不是说这样的主题会妨碍两个人的爱。两个都工作的人在组建家庭的过程中,爱会得到培育。孩子的健康成长,对两个人来说也是一种安慰。

当然,也有些东西在现实生活中会消失或褪色。

以男女结婚时为顶点,两个人之间已经没有过去那种对每一个新发现都感到惊讶,继而心灵颤动的感受。

随之而来的是淡淡的、令人感觉总是同一天在反复的日子。

这一点,较之两人恋爱时代培育爱的强烈程度,是平稳而沉着的。现实生活的重要性日渐取代过去的罗曼蒂克。

"结婚后并没什么好事。"

有时候,年轻的妻子们会这样嘟囔道。

这只不过是在表达婚后生活不像恋爱时那么充满希望了。两个人似乎都觉得蒙受了很大损失。

"谈情说爱的时代已经结束了。"

刚到三十岁的人能说出这样的话来,是令人备感寂寞的。

这相当于人年纪轻轻,就丧失了对美好生活的憧憬。与之年龄相比,是否老成得有点太早了呢?

也许现代模式的婚姻,容易使人过早老成。

使人过早老成的原因竟然是婚姻,这是为什么呢?

纵有各种各样的理由,最根本的是不能否认恋爱时代过早地、全面地了解了对方。

而无论怎么了解对方,结婚后的相互发现又是另外一个问题,不会出现恋爱期间有过的精神紧张。

反而老是注意对方的任性和自私,在互相亲昵的过程中,怠惰和惰性也会逐渐地显露出来。

令人困窘的是,在培育爱的过程当中,连对方的缺点都能包容。而当爱完成之后,在相依相伴和安逸生活的过程中,对一些"细枝末节",却不能互相原谅。

自己或对方都会认为:不应该这样!

这就好像是艰难地攀登到山顶之后,突袭而来的一种空虚。

轻率地相爱,爱到巅峰时结婚,婚后的一切却显得暗淡无光。

在这一意义来看,可以说,恋爱时代越幸福的人,婚后失望的感觉越强烈。

刚开始过于幸福的状态,使他们忽略了后来的幸福。即使能够清醒地意识到这一点,也不会感觉到有多么幸福。

也可以说,对爱的贪婪和利己思想,会使人忘记切身之爱的价值。

三

一对男女带着某种感动和紧张,经常以让人耳目一新的形象交往,怎样保持良性互动呢?

对于这一点,过去的人们思考过、尝试过。

成功与否暂且不说,现今也有若干人在思考这件事。

但是,还没有特别好的办法。

人只要相爱就想互相独占,于是就决定住在一个家里,同时又从那里产生新的麻烦。

人所具有的惰性和习惯,会一天一天地吞噬爱的紧张与感动。

想要维持既有的爱,怎么做才好呢?

每当这时,我就会想起前面说过的那个作家和女画家。

K氏和A女士没有住在同一个屋檐下。只是在一年一次的宴会上光明正大地幽会。

这在旁观者看来,有点像织女和牛郎七夕相会的故事。

在现代条件下,想要形成罗曼蒂克的状态,是需要相应的"舞台设备"的。

他们两个人不是那么随意地幽会,而只是在特定的地方,利用有限的时间会面交谈。

这是因为两个人之间的制约很多。

他们分别都有家庭,有孩子。

也许,正是制约很多才诞生出两个人罗曼蒂克的氛围。

过去有个词叫"忍恋"。

该词已接近荒废,是一个古老而久远的用语。

我不想在这里说该词好与不好。

只想说,所谓的罗曼蒂克,只存在于对情与性的忍耐和节制之中。

什么事情都按照自己的意愿所想或所做,罗曼蒂克是不能成立的。

我现在不知道K氏是否还爱A女士、A女士是否还爱K氏。两人互有好感是肯定的,是否已升华到爱,这我就不知道了。

只是知道两个人都互相倾心。

一年一定要见一次。在外偶遇,互相打声招呼或轻松地喝杯茶就分手。

A女士说:"不愿意让K先生看到我令人讨厌的地方。"然后又说,"估计他没有看到。"

可能K氏也有着同样的想法吧。

与情人在外面偶遇,然后在有限的时间内吃饭、谈话。

为了两情相悦,只会让对方看到自己美丽的一面。

如果从早到晚待在一起,终究会让对方看到丑陋的一面和令人讨厌的性格。人一天到晚装作美丽,是很累的,况且也不能持久。

"回想一下,我丈夫挺可怜的。因为在自己家里,他不能厌弃我皱纹丛生、不施脂粉的脸和干活时的丑态。我歇斯底里发作时,他也能忍气吞声地陪着。"

A女士说得很正确。在家里,她必须以自己的真实面貌,跟丈夫打交道。

"我真的喜欢K先生,但结婚未必就好。假如和K先生结婚,他一定会看到我的真实面貌,看到我任性的地方。我觉得K先生在自己的家庭生活中,也会相当任性和随心所欲,是个与我丈夫不能比较的神经质,也是个很厉害的人。我们两个人有着相同性质的工作,要是住在一起,会为艺术创作而互相挑剔或指责,甚至会互相争斗或伤害。结婚肯定不行啊。"

A女士大概说得很对。

他们两个人要是住在同一个屋檐下,相互倾心的关系也许早就瓦解了。而且一定是互相憎恨、互相咒骂着分手。

A女士进一步地大胆袒露心迹:

"说实话,K先生和我现在的老公,要说喜欢谁,还是更喜欢K先生。与他交往初期,多次产生和他步入婚姻殿堂的念想。但是,那时的K先生不理睬我,老想别的,我感到不解和委屈,赌气和现在的老公结婚了。事实证明,我的选择是正确的。因为没和他结婚,才能有现在这样令人愉悦的幽会。我诚心奉劝年轻的女性:别和最喜欢的人结婚,要和第二、第三喜欢的人结婚。要在对的时间,选择对的人。我认为可以趁自己最漂亮的时候,和喜欢的人,一年一次或两次,不提生活或工作的事儿,像童话中的王子和公主那样愉快地幽会。"

可能是喝了酒的缘故,A女士说起来有点蛮不讲理,但揭示出了男女关系的某些真理。

相爱就应同居于一个屋檐下,但这也不是绝对的。纯粹的爱会因此而褪色,并会使身心俱疲。

四

不能总是拉满弓、绷着弦。万一什么时候箭射出去,弦就松了。

与此相同,爱也是既有弓满弦张的时候,也有箭出弦松的时候。

一个人不能总让人只看到其美丽的一面。

相爱的男人和女人,有时会陷入美丽总会持续的陷阱,结婚而住进一个家里。

"家"确实是男人和女人轻松休息、和睦相处的地方。用弓箭来比喻,家是箭射出之后让弦儿松弛的弓。

美丽而温柔的妻子,可以披头散发,可以露出不高兴的神情。

诚实而和蔼的丈夫,可以袒露疲倦而冷峻的另一副面孔。

这是休息的场所,自由自在是理所当然的,但在反反复复的过程中,两人之间会产生惰性和倦怠。

说法虽是有点夸张,但对于爱,造物主是不会同时给予安定和紧张这两件法宝的。

结婚,继而组建家庭,两个人的爱会安定下来,那种叫人揪心的紧张感和喜悦感便随之而丧失。

而洋溢着新鲜感动的爱,总是与不安定相依相随。

人与人交往,接触越多,越变得任性,越容易说出真心话,甚至会忘记对方的优缺点。

丈夫感受不到妻子的魅力,妻子对丈夫的魅力也毫无兴趣。

的确,有些东西远看很美,近处却毫无感觉,就是人们常说的"远看似有近看无"。

这与个人的美和出色毫无关系。

无论有多么美丽的妻子,心烦意乱的人自然会感到腻烦。无论有多么出色的丈夫,烦闷抑郁的人自然也会感到厌倦。

这也同时应用于朋友关系。人与人保持一定程度的距离,偶尔交往,关系会很融洽。若频繁接近,倒容易心生反感。

适当的距离,可以让人与人之间的关系持久、真切。也就是人们常说的"距离产生美"。

从这一意义上来看,K氏和A女士这样的交往方式也许是一种理想的模式。

理性而保持节制,不再进一步地频繁接触。只让对方看到自己美丽的一面,只在一年一度的宴会之后促膝长谈。

估计两个人今后还会保持这种充满魅力的幽会。

这的确是一种现代化的罗曼蒂克。

这种罗曼蒂克,不是用漂亮话简单虚构的,而是需要通过双方严以克己、信守文化、抑制情感才能生成。

双方互不插足对方的家庭,互不干扰对方的生活。当然也要遏制占有对方的欲望。双方亲切而愉快地交谈,只允许自己停留在对方内心深处的某个位置。

如果心有不甘,就要互相安慰,假装没事儿地回避。这更会表现出有文化男人和女人的优雅。

像某些男人和女人互相渗透过多,对情感和行为没有节制,其爱是不会持久的。即使一时猛烈燃烧,很快就会失去光芒而衰灭。

有人说爱会持久只是一种神话。男女双方的激情永远燃烧下去是很难的。

所谓的神话大概接近于真实吧。

但是如果双方互相只袒露美丽的一面,只是心情紧张地浪漫约会,那也许就不是神话。实际上也有人这样一直维持着爱。

当然伴有严厉的节制。

互相抑制亲密的情愫,拒绝流于敷衍的撒娇。现代化的罗曼蒂克只有在这种成规中才能形成。

历史上出现的女性们

一

现在有人在调查松井须磨子的事。

关于松井须磨子,知道的人应该很多,她是明治末期到大正年间,以大胆的演技和绝代的美貌而风靡一时的女演员。

她的籍贯是长野县松代市①。她十七岁去东京,起先在坪内逍遥领导的文艺协会戏剧研究所工作,后来与恩师岛村抱月相恋,被文艺协会开除。再后来和岛村抱月一起创建艺术剧团。

然而五年后,抱月突然离世,须磨子紧随其后而亡。她是在抱月辞世两个月后,担任《卡门》主演期间,使用抱月送她的一条绯

---

①位于日本中部地区中央。

红色细腰带,套在脖子上自缢身亡,时年三十四岁。

松井须磨子短暂的一生,将火一般的热情倾注到舞台上和恋爱中。用 其奔放的个性,大胆挑战明治、大正时代的封建礼教。从这一意义上可以说,她的作为,对唤起当时保守女性的觉醒,发挥了很大的引导作用。

当然,做这些事不仅局限于松井须磨子,至今留名的若干女性们,都是用自己的一生,向受到旧的道德束缚的封建社会,顽强地挑战和斗争。

比如从樋口一叶到平冢雷鸟、与谢野晶子,还有吉冈弥生、田村俊子、神近市子、伊藤野枝、冈本可能子等,不胜枚举。

我的小说《埋花》中的荻野吟子也是其中的一个。

这些女性们都忠实于自己,真挚地生活着。从某种意义上说,她们是启蒙者,也是先驱者,正因为如此,才会受到各种恶意中伤和批判。

也有比较好的理解者,但只是极少一部分,周围的大多数人对她们很冷漠。

然而现在,这些女性们已成为女性斗争史上璀璨的星斗并闪耀光芒。

我在这里并不是想要介绍她们的生平、叙述其辉煌的成就。

对于她们中的绝大多数人,已经有人写过传记或者小说。我也想把其中的几个人写进小说,但不是现在。

我之所以把她们的名字一一罗列,是想考察她们的个性、特征以及仰慕她们的人的心理。

二

后世的人们评价史上留名且有巨大成就的人时,总觉得还有些不足,或者有所忽略。

比方说,无论是松井须磨子,还是与谢野晶子,都是历史上著名的女演员、诗人。她们把自己的生命倾注在演技和诗歌上,是在这个领域中活得出色而精彩的人。

根据人名词典的资料,松井须磨子的简历如下:

一八八六年生于长野县松代市,本名小林正子。父亲死后进京,二十四岁入文艺协会戏剧学校,并和前泽诚助结婚。在第一次公演中,饰演《哈姆雷特》的奥菲利亚(莎士比亚悲剧《哈姆雷特》中的女主角)获得成功,进而以扮演《玩偶之家》的娜拉一举成名。后因与恩师岛村抱月恋爱,被协会除名。继而与抱月组织艺术剧团,首演《卡菊夏之歌》即受到全国欢迎,使创新剧目获得全社会认可。抱月骤亡后,遂于大正八年自缢身亡,时年三十四岁。她以素朴的演技和野性美著称日本戏剧界。

与谢野晶子的简历如下:

一八七八年,生于堺市①。从少女时代起就爱好文学,最初求学于河井醉名,之后与新诗社的与谢野铁干②相遇,成为社友,并在《明星》发表诗歌。二十三岁进京,和与谢野铁干结婚,并出版处女作歌集《乱发》。其肉感描写和大胆的表达引起社会极大反响,对明星派的形成起到了决定性作用。也充分表现出明治时期浪漫主义诗歌的特点。日俄战争时,发表作品《请君勿死》,大胆表明反战态度。其"柔嫩的肌肤 炽热的血汹涌流过 从未曾触摸,只一味说

---

① 位于大阪府中部。
②(1873—1935),日本诗人,生于京都。

教的你 是否会孤独寂寞"成为脍炙人口的名句。

这确是事实。尊崇她们的人们,难以忘怀这两个醉心于舞台、恋爱于诗歌的光辉形象。

也许有人会想:她们是多么出色啊！自己也应当有这样华丽多彩的生活！

然而,她们真实的一生并不像这里所写的一帆风顺或崭露头角。

其实,这种崭露头角的背后有着无数的名枪暗箭。

所谓的历史,只是捕捉某种典型的事例和人物而加以记载。经年累月,只留下闪光的部分,阴影的部分则逐渐消逝。

而后世的人们往往只是把经典的部分串联起来,用以巩固这个人的形象。

比如说,把须磨子的"女演员""美貌""卡菊夏""情人""自杀"等顶尖形象拼接在一起,加工成"华丽而热情的女人"。

同样,晶子也是集"和歌""肉感""大胆""明治浪漫主义""反战诗""与铁干之恋"等经典作品之精华,确立了多感的恋爱与和歌女诗人的形象。

实际上,这是完全正确的。确实,晶子是恋爱与和歌的明星。

但是,这只是她的一个方面,她的成就是多姿多彩的。

留在历史上的东西,作为传记,往往只讲述历史所需要的事情。而这些东西只不过是编纂者查找、思考、论证和记录的一种结果。

看待历史和历史人物,人们往往容易犯仅依据表面事实和记载而予以把握和看待的错误。

想当年,日本与美国开战,最后战败。在那个黑暗、忧郁的时节,无数年轻的生命被罪恶的战争所吞噬。也只有在那个残酷的、不幸的时代,才有动员在校学生参战而致青春夭亡的悲惨。

然而,那个时代作为历史是黑暗的,但并不是只有黑暗,黑暗中也有光明,也有快乐。尽管特高警察横行,思想意识被强制,但也有若干看淡生死、开心度日的平民。有的即使被驱赶到战场,也能从朝气蓬勃的年轻人那里,感受到快乐和希望。

事物经常有表里两个方面,历史也一样。如果单从表或里描写它,就不能说是正确地描写历史。

与此相同,一个历史人物也不能只以其结局而加以描写,否则,也会产生错误。

无论秀吉①,还是家康②,如果仅以统治天下这一结果为前提来看问题,就会产生仅看表面的、俯瞰性的、单方面的错误观点。

秀吉和家康统一天下时,有的人抵抗到最后,也没觉得高兴。也有的人假装顺从、图谋叛乱。还有与此无关而活着的平民们,无论信长是胜还是败,生活的基础和方式都没有任何变化。

所以,看待历史时,需要从多个角度而不是一个角度去把握。

看待历史人物也是如此。

我特意说这些事,是因为我对历史上崭露头角的人的不为人知的一面感兴趣。

三

濑户内晴美③撰写的《美在于不和谐》的开头之处,有下面一段文字:

哎呀,净是受父母的影响啊。

---

① (1537—1598),日本著名政治家、武将丰臣秀吉。
② (1543—1616),日本著名政治家、武将德川家康。
③ 日本著名小说家,生于1922年,法名濑户内寂听。

她幽默地眨巴着眼睛说。魔子从入学、就职到结婚,都身处弥漫着军国主义色彩的时代。就因为她是大杉荣[1]的长女这一宿命,而遭受过不少无理的压制。她是如何成长起来的呢?成长于同时代的我,好像可以任意地想象。

"比如说进女子学校,我在祖父的身边生活到上小学,在横滨的叔叔家上女子学校。当时,我想考的是县立学校,可是老师不让考,所以就进了香兰高级女中。"好像由此可以推及魔子的学生时代。

只是淡淡地说着似乎无关紧要的话语,却沉重却传给了听话的人。

出现在这里的魔子,是这本纪实小说的主人公,伊藤野枝[2]和大杉荣所生的长女。

有的人可能知道,大杉荣是大正时代著名的无政府主义者,伊藤野枝是他的情人,他们被当时的宪兵甘粕正彦[3]等人逮捕,并一起被虐杀。

---

[1] 大杉荣(1885—1923),日本社会活动家,生于香川县。
[2] (1895—1923),妇女运动积极分子。
[3] (1891—1945),日本军人。

伊藤野枝是作为新女性而引起轰动的《青踏》①的同仁,在和大杉荣相识以前,是达达派艺术家辻润②的妻子。

濑户内晴美的这部纪实作品是十年前写的。读它的一瞬间,我被一种离奇的感觉所打动。

伊藤野枝确实死得很悲惨,而作为领先于时代、勇敢进行斗争的女性,我只是知道她的名字。

我曾经简单地认为:如果她的亲属们在世的话,一定会为自己家中出了这么个女斗士而感到自豪。

但是一看这篇短文,感触有所不同。

都知道伊藤野枝有些名望,故人们不想进一步地承认或积极评价她的行动。非但如此,如果有人被假设成野枝的孩子,甚至还会露出嫌麻烦的神态。

我看完文章,对野枝的作为及其周边人们的复杂心态,重新产生了兴趣。原来是这样,难道人们都是这样想的吗?

可能松井须磨子和与谢野晶子当初也会有与之相同的情况。

比方说须磨子,和抱月相爱,不久便追随他身亡。

---

① (1911—1916),文艺杂志。
② (1884—1944),日本评论家。

历史承认并称赞她是一个华丽的为爱而生的女人。

然而在其背后,父母、兄弟和熟人因她而吃尽了苦头;有人对她的自私自利和任性感到惊讶;而饱受感情折磨,被她狠心甩掉的前夫前泽诚助和被她夺走丈夫的抱月前妻,心情又会怎样呢?

须磨子该怎么应对这些抱怨和批判呢?想到这一点,脑海里便浮现出另一个松井须磨子形象,展现出须磨子的双重面貌。

这种情况也近似于与谢野晶子。

> 晶子不怕父母与她断绝关系,得到了有老婆、有孩子的老师(铁干),开出了恋爱至上的花朵。同时又通过相亲,光明正大地开拓由恋爱走向婚姻的道路。将其行为公之于世,主要为描写处女对恋爱的执着在女性发展史上的影响,作品也不将其写作娼妇。

高群逸枝[①]在《女性的历史》中这样评说晶子。

事实一定是这样,这些事实在历史上得到尊重。

---

① (1894—1964),日本女性史研究家。

但在事实的背后,一定会有无数版本的故事吧。

与父母争吵并断绝关系,给铁干前妻制造悲哀和怨恨,可以把这样的晶子视为傲慢的恶女。而不畏他人批判和中伤,勇敢地面对生活,悄然隐藏起内心的烦恼——这是晶子真实存在的另一种面貌。

这样思考问题,你可以发现史上留下的东西,不过是那个人生活状态的一部分。应对那个人一分为二,避免脱离史实、仅凭虚假现象理解那个人。

通过这件事,我回忆起撰写拙著《埋花》时,采访主人公荻野吟子的养女熊谷富所听到的一些故事。

大概有人知道,荻野吟子生于埼玉县,年纪轻轻出嫁到邻村的名门,被丈夫传染上了性病,后离开婆家,住进了当时的顺天堂医院。

她在这里接受妇科诊治并产生从医的愿望,自己要当女医生,去救治那些因害羞而不愿去接受诊察的女性们。

在明治中期,女性成为医师的道路尚未开通。她半工半读刻苦学医,直接求助于当时的卫生局局长,开拓了女子成为医师的先河,成为第一个获得官方批准的医师执照的女子,时年三十六岁。

吟子立即在东京下谷开了家医院,为穷人效劳,同时成为基督教徒,也为女权扩大运动而努力。一个偶然的机会,她结识了小她十四岁的同志社一个姓志方的基督教徒,他是个大学学生,却强烈地要求与其结婚,后遂愿。不久,丈夫去了基督教会的理想之地北海道。吟子不得已追随其后,前往北海道。

在那里,他们为临时搭建住房奔波劳累,为防治豹脚蚊叮咬大伤脑筋,含辛茹苦开拓的结果是,丈夫病死,吟子一个人被甩在了北方的尽头。吟子苟且在当地开了家小医院,同时从事妇女儿童教育工作。上年纪后,又回到东京,在本所小梅结束了自己的一生。

荻野吟子和史上留名的女性们一样,也是个对工作充满热情、对爱一直燃烧激情的人。

熊谷富是吟子和志方在北海道期间的养女。

我一直认为像吟子这样成就大事的人,家庭生活一定是严谨而出众的。

实际上确实很严谨,但是养女阿富却苦笑着嘟囔道:"她真是个可怕的人!"

"叔叔(她这样称呼志方)是个很和蔼的人,经常陪我玩,有时让我当马骑。但婶婶(她这样称呼吟子)却从来不和我一起玩。

只记得她天天外出不着家,不知出去干什么。我在很小的时候,就一个人看家,从窗户里看到在外面玩耍的孩子,很羡慕。"

"虽然不陪我玩,但经常教我功课,也很严厉,如从跪坐式自行换成随便的坐姿,马上就会遭到棒打。"

"婶婶是个讲究穿戴的人。无论多么穷困,都只穿从内地订购的绢料衣服。早晨起床很晚,而且都是被唤醒,没有主动起来过。早饭都是叔叔或我起来做。但她晚上睡得很晚,熬到一两点钟,或读书或写东西,每天都学习英语。"

"她身材矮小,却是个性情暴烈的人。曾经逮住过一条出现在庭院附近的蛇,一只手提着尾巴,一只手挥舞镰刀,一下就把头砍了下来。"

阿富的诉说与我原先所虚拟的形象略有不同。她一个身材矮小、皮肤紧绷的美貌才女,竟能成为克服重重困难、首开女子从医先河的女权活动家。其追随学生丈夫到虾夷地①生活的贤妻良母形象,在我脑海中有所淡化。

在倾听阿富叙述的过程中,我觉得确实会有这些事,也认定这

---

①北海道的别称。

是实实在在的吟子。

同时,我也觉得那斩蛇的粗野和开辟女医之道的果敢实在相称。

如果不听阿富说的事,就无法了解吟子被掩盖的另一面。也险些放过不会出现在历史表面的另一个活人的真实姿态。

历史的表面和背后——两副面孔,乍一看似乎不同,但仔细端详,就会惊讶地发现相似与相通、矛盾与统一。

四

史上留名的、有过很大成就的人普遍具有任性和自私自利的一面,只要自己得到满足,就不怕给别人添麻烦。

这一点不仅限于男性,女性也一样。

看看出现在本文中的松井须磨子或者与谢野晶子、伊藤野枝、荻野吟子的过往也能说明(或许将晶子、吟子与须磨子、野枝相提并论有点问题。因为以从结果论而言,前两人与后两人相比,业绩要差一些,社会影响力也小一些。但她们都是认真地、竭尽全力地、积极地生活和工作,因而从性质、态度、追求这些方面来说,可以相提并论)。

她们都有以自我为中心、只顾自己感受的弊病。

也许有人会想不通：为什么对社会有过较大贡献、较大影响的人还自私自利呢？

应当认定：她们是在不同于一般人的立场上谋求自私自利。

比方说，须磨子是为追求高超的演技，晶子是以创作优美的和歌至上，野枝是为无政府主义而牺牲，吟子则不遗余力地争取首当女医生。

她们为了实现这些崇高的目的而不顾周围的琐事。

一个为了提高演技而需要男人，并不顾体面地抢夺男人，或者说不仅为演技，而且也喜欢，并把最终成果反映到演技的炉火纯青上；一个为了创作出更好的和歌，抛弃家庭，跑到成为新刺激的男人那里，体味爱情的甜蜜；一个为了无政府主义的理想，抛弃丈夫和孩子，义无反顾地投入社会活动之中；一个为了自己医术的提高和女权活动，忽视小小养女的寂寞和悲伤，把琐碎的家务推给丈夫。

她们追求的是脱离人情世故，专心艺术、学问和理想等不同着眼点的东西。并为获取它们，她们抛开了眼前的一点幸福和安定。

认定此举就是自私自利,那也是没有办法的事情。她们自己认为这是理所应当的。

为了自己所崇尚的大义,让周围的人多少受点影响或吃点苦,是不得已的。从最终目的的需求来说,这是细小的,也是微不足道的。

站在不同的立场上看,这样的认识和观点是偏颇的、傲慢的、不近人情的,确实是严重的利己主义。

差一点就与现在的激进派和极右派的行径相联系,危险且不符合社会常识。

然而,只有这样的利己主义者,才能做出很大的成就。

如果只是局限于常识或伦理这种既成的框框,就什么也做不成。至少不会从那里产生新的东西。

她们了解、理解并根据事态发展需要,勇敢地与这些常识相对抗。

从这一意义上来看,她们是利己主义者,同时具有常人不及的勇气。

由于这种勇气,有多少人要受其祸害呢?

无论是野枝还是吟子,其身边的人们多多少少都会受到影响。

也可以说,她们成就越大,人们吃亏越多。

她们也许会为此而感到抱歉,也许会在心里向受害者道歉。

但现实情况是他们使亲人或相关人遭受了苦难,给他们增添了麻烦。

假如她们生活在我们周围,定会被作为令人生厌的、自私任性的女人而敬而远之。或者会被打上"自私傲慢、不可理喻的女人"的烙印!

可是她们无视这一切,坚持做自己想做的事。无论父母或他人说什么,她们都不改变意志,是顽固而倔强的女人。虽然她们也会遭到社会上所有人的嘲笑或嫌弃,但是能够持之以恒地坚守自己的信念,这与其说是顽固,不如说是才能。

她们经得起社会的中伤和批判,仍然沉着地坚持,这确实是才能。批判既成的道德或常识是很容易的,但是勇敢地与其对抗和挑战,却不是凭顽强的决心和毅力所能做到的。

她们并不缺乏基本的人情味。比方说,父母生病,希望她回来,她能够不管不顾、专心做自己的事情吗?对于普通人来说,到了婚龄不结婚,大家都会觉得是个很大的负担,况且是生养自己的父母身体有恙呢!

当然,她们所遭受的非议或中伤远不及这一点,而是当今开放时代所无法想象的恶毒和残酷。

甚至把她们说成"不是女人,不是人"。

她们坚定地忍受这一切,最后把社会的指责和批判反转为钦佩和赞叹。

只能说这源自其坚强的意志和博大的胸怀。

然而,她们背后有多少因此受影响而伤心的人。她们是那么不走运,只是因为平凡或者因为幼小而倒霉,从而惨遭痛苦。

一个伟大的人物背后总会有牺牲者与其相伴。

历史的残酷,在于后世的人们会很快忘掉这些牺牲者,并不做任何记载。对于这些牺牲者,史上留名的人物们或曾为此而伤过脑筋,但是,缺少人情味是历史的一种无聊。

发誓这件事

一

快要到举行婚礼的季节了。

这个月,我收到了两张请柬。说实话,我不太乐意参加婚宴。不是不愿意祝福年轻人,而是为婚礼和婚宴的俗套而感到无聊。

何况两家举办婚礼的人,对我来说,都不是关系亲密的人。对方也许是礼仪性地邀请,参加的人数或许多得不得了。

如果新婚的是两个年轻人,我想会有很多的人在身边祝福。如果不是年轻人,让我这样的人致贺词,就会觉得有点别扭。

虽然邀请我的好意值得感谢,但这次想只写贺电了事。

这些姑且不谈。我总感觉过往的婚礼和婚宴,有点假惺惺的感觉,似乎他们是在洋洋得意地做给人看。

当然,所有的婚庆仪式基本上都是这样。只要当事人和家属满意就行,其他人不应对此说三道四。

下面所论述的情况,也许是我的瞎猜。

人们参加婚礼的一整套仪式,往往会被一种不好意思的畏惧情绪所左右,感觉舞台上的表演有点别扭。

而我在婚礼上,最忧心的是宣读誓词的那一刻。

神道仪式的时候,新郎要大声宣誓:"我们在此宣誓,永远结为夫妻!"尔后,新郎新娘各自道出自己的名字。

如果是基督教徒,会在教堂内被牧师问道:"你会永远把这个女性作为妻子来爱吗?"新郎回答:"是。"接着,新娘也宣誓将其作为丈夫,永爱对方。

这可能是在通过交杯盟誓和交换婚戒而结为夫妻的仪式中最最重要的部分。

而脾气倔强的我,在旁边听到这些话,就会想:神有点多管闲事!

誓言中最令人不快的地方,是让人信誓旦旦地说"永远爱"。

这简直就像老天爷,或者是没有缺点的、全知全能的神,只有他们才可以这样说。

现实中平凡的男子和女子,能够对未来断言"永远"吗?

"永远"这个词,是"无止境,到什么时候也持续"的意思。

如果真的理解词义,就不会那么轻易地使用了。一个人漫说遥远的未来,就连当下也很难保障。

人既不是无法无天的,也不是完全听天由命的。

我们经常简单地使用"永远"这个词,但是这和词的真正含义大有距离。可能是作为一种情调,觉得可以酿造一种气氛,能够令人满意,所以才使用。

用词的人的初衷或许是这样,但意想不到的是听的人却当作耳旁风。

也许有人会说:结婚誓词上是那么说的,当事人只是读一下而已。

然而,婚礼是在大庭广众之前向神宣誓,只作为单纯的情调,有点不负责任。

如果说只是情调,那神和誓言都受到了极大的亵渎。

总之,我一听到那个誓词,就有点不寒而栗。

会思忖:是真的吗? 并赞叹:这真是郑重的宣誓!

又觉得让人这样宣誓的神,有些冒昧而傲慢,也有点刁难。是不是明知道那样的约定难以遵守,才让人向他发誓呢?

二

一般来说,发誓这种行为,好像是人们在重大的、不易遵守或不易履行的事情面前才予以进行。简单而细小的事情,一般不需要发誓。

比方说,发誓绝食:"即使肚子再饿,也不吃饭!"而没有人发誓:"肚子饿了,坚决吃饭!"

同样,人会发誓说:"虽然我很爱她,但今后不再接近她!"不会发誓:"我很爱她,要和她接近!"

就是说,如果是自然而然或理所当然的事情,那就不用特意发誓。看一下国会的证人宣誓状况,也能够理解。也可能是因为这个议员会撒谎,才让他宣誓吧。

我一般不喜欢"宣誓"这种行为,或许是因为自己缺少遵守誓言的那种坚强精神和力量,同时也因为誓言经常给人以受限制和被强加的感觉。

经常可以看到在运动大会上,参赛选手举着一只手郑重宣誓:"我们遵守光明磊落的比赛精神,堂堂正正地进行比赛!"

然后就觉得,如果真的有堂堂正正地进行比赛的心愿,那就没有必要宣誓。

看到特意地宣誓,就会猜疑:如果不宣誓,难道他们就会发生不正当的行为?

结婚宣誓也是如此。

是不是神知道男女之间的爱难以持久,容易动摇,才特意引导人们在他面前宣誓呢?

这也许是相当讽刺的说法。充满希望而结婚的人们,不会去考虑宣誓的初衷,而只是专心致志、信心满满地宣誓。

但是,保持爱的持久并不像他们所想象的那样简单。

其实,日本的离婚率近几年在逐步地上升。去年的离婚总数约十二万件,频率是每4.5分钟,就有一对夫妻离婚。

如果再把陷入冷战、没办离婚手续的夫妇加进去,爱不持久的夫妇人数会达到数倍。

而这些人基本上都在神的面前发过誓,说永远相爱。

过去认为爱会持久,男人和女人也都相信有永恒的爱。而在现实中,爱却是短暂的,与"永远"相距甚远。

我并不想责备宣过誓关系却很快破裂的人。也不能对爱不持久的人判定好坏。

问题是那种在婚礼会场,强制新婚夫妇向神发誓永远相爱的做法。

"永远"对人来说是相当难的,也是相当严酷的。以神的名义让人堂堂正正地去做,而且要一直做下去,也有点让人受不了。

最令人困惑的是人们的迟钝感:似乎相爱的人只要结婚,爱就会永远持久。其实,这只是人们美好的愿望。

这里面有不怀疑任何事情的纯朴,也有对绝对相爱下去的自然信赖。

所谓自然信赖,换言之,是对人过于信任,也可以说是无知。是对男人、女人和爱把握得过于单纯,把人想象得过于简单化、脸谱化。

表面看,似乎是真挚地向神宣誓,背后却不时浮现出不把人当人看的高傲。认为只要宣过誓,就能保住爱。这种天真,有点让人受不了。

还觉得对"永恒"或"爱"这种词汇没有敬畏和深解。

这种迟钝感,不只从婚礼仪式的宣誓中能够感觉到,从婚宴现场热情洋溢的贺词中也能感受到。

比方说这样的贺词：你们已踏入婚姻的殿堂，希望今后建立起一个互助、互爱、永远幸福快乐的小家庭！

然而，这些话里有真正的内容吗？

互助、互爱、快乐、幸福这类词汇虽有情调，但没有实际内容。只不过是恭贺者为烘托气氛而朗读的华丽辞藻。如果反问：幸福是什么？爱是什么？有可能回答不上来。也可以认为这些贺词是恭贺者在值得祝福的场面，不得不罗列的话语。

这种倾向并不拘泥于仪式上的贺词。年轻朋友的席间致辞也炫耀性地夸赞两个人的爱，无所顾忌地调侃和强加于人。

特别是现在的年轻人，说话放肆，表演过头，令人生畏。无端地暴露他人隐私，说两个人发生关系的事，以博取众人的欢心。这种做作过于明显，反而令人笑不起来。

最令人担心的是他们的羞耻心与年龄不相符，且对男女以婚姻形式的结合，没有任何的疑虑与不安。

结婚是可喜的，也是值得祝福的。既然结婚了，两个人就应该永远相爱，通过生儿育女，建立起家庭。这就是所谓的幸福，是人生的最高境界。

人们不应当对此存有进一步的思考或怀疑，而应顺从地相信这种完美的境界,并忠实地捍卫它。

总体来看,婚礼和婚宴上的贺词言之无物、废话甚多,溢美之词用得马马虎虎,也很轻率和不当。

青年人往往对成人社会持批判态度,对现行体制进行指责,然而仅就结婚而言,他们一步也没有偏离现行体制。

他们好像对于爱、婚姻、家庭、一夫一妻制这类东西毫无疑问。

感受性如此丰富的年轻人,为何会在结婚这件事上,如此遵从体制,感觉如此迟钝和悠闲呢?

三

所谓的发誓永远相爱,就是说一对男女无论到何时都要相爱。

然而,一个男人或女人要永远爱对方,不是件容易的事情。不是说不可能,而是相当难。

人的情绪会千变万化。起初可能喜欢,过后甚至连看一眼都嫌烦,觉得好讨厌。

何况年轻,在真正的意义上还看不透异性,甚至看不透时代。有的人闪婚闪离,也有对婚姻摇头兴叹、无可奈何的情况。

所谓变心,从某种意义上说,是人活在世上的证据,也可以说是人在成长。

还有这种情况:男人二十几岁时,喜欢自己母亲类型的女性,到了三十几岁,喜欢娼妓类型的女性。也有顺序相反的情况。女人对男人类型的喜好,也常常有所变化。如同每个人的主意都会变化一样,所爱的对象发生变化也是很自然的现象。

这么说,也许会遭到担任生活顾问的、顽固的阿姨的批评:"你说什么!真正的爱是绝对不变的。请不要多嘴!"

我并没有否定爱的真谛,只是说,人随着年龄增长,心理会变化,感受性和价值观也会变化,这种变化应该得以认同。

那阿姨或许没有坠入过情网或没有因爱受过伤害,只是和教科书上说一样的话。实际是纸上谈兵、不会据实应用的人,对其也没有办法。

这一点暂不再谈。

虽说人在年轻时,向神发誓要彼此忠贞、永远相爱。但永远只爱对方一个人,确实有点苛刻。

过去真心喜欢,现在却不是,这种情况,比比皆是。既然人是不断变化的,所爱对象也会发生变化。

并不是说马上离婚或者分居,但确实存在婚内变心这种情况。

我们首先应该承认这些,并尽可能地给予某种程度的宽容。

否则,就好像是把人五花大绑,束缚于规则桩柱之上,并凭借曾经的诺言进行胁迫。

男人和女人,心都会变,有时会激情燃烧,有时会望而生厌。这不是用善恶衡量所能解决的问题,而是互有关联的两个人心理变化导致的问题,也是相爱历久的一种结果。

可以说,承认爱会变化并不是对爱的亵渎,而是对爱本身的客观评价。略为夸张地说,是承认对方的人格,确立自己的人格。

发誓要永远相爱却不允许爱发生变化,这才是对对方的亵渎,也是对自己个性的否定。

当然,既然两个人结婚了,就应该尽最大努力建设家庭,并抑制各自的任性,承认对方的地位,并宽容对方。

为了让爱持久,需要付出比萌生爱时更大的努力。

尽管如此,仍然不能说不会出现爱消逝的状况。

因为个人的自私和敷衍,很可能导致这种情况的发生。

也不排除应该受到谴责的、见异思迁这一情况的出现。

同时,也有作为自然发展趋势而应予以认可的变化。

世上很多人看问题,只是光看表面,只责备见异思迁的人,只倾听大声呼吁者的意见。但是,爱的成立与崩溃,非当事人不能感知和理解。莫说非当事者,有的甚至连当事人中的一方也不能完全理解。

看问题只看表面是愚昧的。相爱是包括性交在内的一种特殊关系。不了解其微妙关系的第三者,对此说三道四,其实是很荒谬的。

总体来说,发誓要永远相爱是一种非常达观而重要的举措。

平时我们没觉得它有什么了不起。不,与其说是没觉得,不如说是没放在眼里,或是觉得没问题。

婚礼上的誓言,如果作为结婚的绝对条件写进结婚证书,那结果可能会大不一样。

"既然结婚了,就绝对不能离婚!"已成为相关条文。

假如真的如此,还有几个年轻人能像原先那样,随意地下决心结婚呢?

四

前几天,我去欧洲转了五个国家。因为是一次匆忙的旅行,去意大利时,只去了米兰。

在米兰,听未婚的男女讲了一些有趣的故事。

意大利单身的男女人数,最近有所增加。陪我们游览、在一起喝了一个晚上的两个意大利人(均为女性,都曾来过日本,日语说得很好),第二天给我们带路的司机,还有一个曾在日本人家里当厨师长的意大利人,全都是单身。

女性年龄都在二十八岁以上,男性们都是三十几岁。

他们为什么不结婚呢?我觉得不可思议。一问这事儿,他们都耸耸肩,笑一笑。

过后听人说,意大利人大多信奉天主教,教义上禁止离婚。如果结了婚,一生不能分手。

好像近年来,教规对其要求有所缓和,离婚也不是完全不行。如果去国外,或者采用什么其他变通方法,也能分开。话虽如此,但做起来相当困难。

因此,下决心结婚的男女人数在逐年减少。

意大利的一个男子不是开玩笑,而是很认真地说:"与人结婚,被一个女性束缚一生,还不如单身着多交几个女友好。"

据说,和他的想法相同,只同居、不结婚的男女人数正在激增。和我们一起喝酒的那个二十九岁女子,就开诚布公地说正和男朋友同居。一过十二点,她就说:"男朋友在等着,我先走一步!"说完就走了。当然,她并没有正式结婚。

听到他们的故事,我很钦佩。那就是无论有怎样的法律和戒规,人们都会相应地采取益于自己生活的方法。

在规则非常严厉、男女关系不像如今这样散漫的过去,意大利人只能简单地把婚结了,至少现在四十几岁往上的人是这样。

随着近年男女间的交际开放,性也得到了解放。因结婚而受到旧法约束,好像已经不现实。旧法已经不符合现在的新情况。

虽是不符合,旧法依然在。于是,不婚同居这种形态便被挖掘出来了。

一个意大利人还跟我说:"外国的女性好啊。即使发生肉体关系,也不要求'马上结婚'。再说,与外国的女性结婚,万一离婚也比较简单、快捷啊。"

听到这番话,我才理解意大利男人为什么会对日本女人和他国女人热情有加。

也许他们是出于本心和好意,对外国女性和蔼,但并不能说那种好意之中,没有隐藏着攫取心和调戏感。

并且还听说,在欧洲范围内,意大利男同性恋者特别多。和我们一起喝酒的男性就表白：自己对女性不如对男性感兴趣。

"还是与男性比较快乐，也没有麻烦。"

快乐的所指暂且不谈，'没麻烦'的意思，可能是说没有结婚的麻烦吧。

"这样下去，意大利的国力会越来越衰落的。"一旁的日本人叹着气说。

确实，同性恋要是进一步蔓延，就是个相当大的问题。

首先难为的是女性。照此发展，男性都成为同性恋者，不与女性结婚，那么，单身女性就会呈几何级数地增加。

但是，陪伴我们游览的女性，好像没有那般介意。似乎有得过且过的想法：就是不能生孩子，只要经常和喜欢的男性幽会，或者能够同居，就很满足。

不结婚而没有家庭，无疑会给女性的心理带来很大影响。

所有上述不正常的状态，均是由"一旦结婚就不许离婚"这一严厉的戒律造成的，这实在是对现代社会的一种讽刺。

用来维护人类社会秩序的法规，反而侵害人类的秩序。也可以说是迫使人类朝着有违自然的方向发展。

我们不是在嘲笑意大利社会存在的令人啼笑皆非的现象。其实,日本人对结婚的禁忌,也与意大利如出一辙。

我们结婚时也曾宣誓:"永远……"在众人面前保证:绝对不离婚!

假如这与向神发誓一样,言之凿凿,情之切切,那日本人就应该和意大利人一样,对结婚之事慎之又慎。

然而,现实似乎略有不同。我们对结婚虽很慎重,却不像意大利人那样害怕或提防结婚,慎重程度差异较大。总的说来,我们确信结婚是甜蜜而快乐的。对于要和这个对象终身相伴、白头到老,没有特别的疑问和不安。就是有,也不会想得多么严重,不会因此而停息。

婚后离异,这在意大利法律上是严禁的,且禁止离婚的法律要优先于对神的发誓。我们的情况却是只向神宣誓。

宣誓不仅限于日本人,美国人和欧洲人大多在结婚时,也向神宣誓永远爱对方。

相伴几年后,他们会违背誓言,自由轻松地离婚。

实际上,在当今社会中,现实的法律要比向神宣读的誓言更有力度。换言之,对神的誓言,现在不过是结婚的装饰品而已。

嘴里说"都永远作为夫妻……",心里却在想着万一不行,可以分手!

这种思想即使没有浮现在脑海中,也隐藏在灵魂深处。

当然,假如是错误的婚姻,那就必须推倒重来。由此也彰显出日本的神自由散漫,没有权力,遇事随机应变。

而借助这种散漫,我们轻松地结婚,大胆地倾吐誓言。

我在此并不想责备这一点。这也许是生存的智慧。

可是总觉得,如果对神发出的誓言没那么重要的话,婚礼的状态是否可以再散漫一点,不必那么认真。

情书

一

现在这里有一封情书,笔者是岛村抱月。

说起岛村抱月,很多读者也许不熟悉。为了慎重起见,在此做一简单介绍:他明治二十三年①进入早稻田大学的前身——东京专门学校,师从坪内逍遥先生,毕业后参与《早稻田文学》创作,同时作为剧作家和文艺评论家活跃于文坛。

明治三十五年,他去英、德两国留学。归国后,担任早稻田大学教授,创刊第二期《早稻田文学》,并与尾崎红叶、德田秋声、正宗白鸟、国木田独步等文坛名人结交。并创作小说,推介译为日语

---

① 即1890年。

的莎士比亚戏剧,可以说是个代表明治才智的文化达人。

如果仅凭这些,岛村抱月的名字也许留传不到今天。先不评说好坏,使抱月名声大噪的,是他和女演员松井须磨子之间华丽的恋爱。

关于松井须磨子,也许很多人都了解。

她出生在长野县松代,出嫁到千叶县,后离婚,去东京参加坪内逍遥创办的文艺协会,学习戏剧演出。她是日本第一个正规的女演员。

与其说正规,莫如说是首演《卡菊夏》和《玩偶之家》主角娜拉、唱响《卡菊夏之歌》的名演员,或者说是日本戏剧史上留名的大演员。

然而,使须磨子更加有名的,是她和岛村抱月火一般的热恋。

在文艺协会里,抱月是剧作家、演出家,须磨子则是担纲各剧主角的女演员。可以说,抱月是导师,须磨子是学生,两个人年龄相差十三岁。

这两个人,在戏剧编排过程中萌生了爱。这虽不是什么稀罕事,但他们当时身处男女间戒律森严的时代。

两人的恋情公开后,抱月和须磨子都被文艺协会开除,抱月同时被迫辞去了早稻田大学教授职务。

被逼得走投无路的两个人,重新创办艺术剧团,并在各地公开演出。

演出屡屡成功,须磨子作为女演员的名声更加响亮,两个人的关系变得路人皆知。而抱月有妻子,还有五个孩子。但他义无反顾地离开家,和须磨子同居于戏剧研究所的二楼。

须磨子成为艺术剧团各个剧目不可或缺的台柱子,抱月成为兼担作品翻译、戏剧编导、剧团运营的总掌管人。

然而,大正七年①十一月,抱月因患恶性感冒,拖延日久,引起肺炎,不治辞世。

当时,须磨子正在排练,练至深夜,没赶上与抱月的临终死别。

被撇下的须磨子强忍着痛苦和寂寞,坚持演出。两个月后,精神崩溃,将抱月赠送的绯红色腰带悬挂在舞台后面的横梁上,自缢身亡。当年,抱月四十七岁,须磨子三十四岁。

下面是大正二年(两人还在文艺协会时)抱月写给须磨子的情书。

---

① 即1918年。

二

从拿到那封信(大概是去须磨子那里拿到她写的信)起,已过去了半天,我反复地看(大概是在文艺协会或早大的研究室看)那封信,时而与其拥抱,时而与其接吻,时而恍惚地沉思。那是一封令人高兴的信,令人留恋的信,又是令人悲哀的信。曾想永远永远地带在身上不离开,可还是被这个令人可怕的社会现实撕碎了。我心如刀绞一般地痛苦、悲伤,总想把手搭在你的身上。

喂,连转达那种悲痛心情的信都要马上撕掉,你不觉得太令人遗憾吗?

再思考一下,这又是无聊的,荒谬的。恋爱是神圣的,我视作命根子,世人知道就知道,能奈我何?

假如始终怀有忐忑心情,我想身体会承受不住的。怎么办呢?我怎么就迷恋得这么深呢?我现在脑子里只有你。

只要想你的事,我就高兴,顾不得体面不体面,想马上跑去拥抱你。你是个可爱的人,令人高兴的人,令人眷恋的人,然后是个"坏"人,"坏"在让我痴迷地爱恋你。事已至此,只得想方设法让你做实际的妻子,否则,我的心就不得安宁。我要想出办法,创造时机,请你务必等待!

不能像你信上所写的那样,说没有前途和希望,我希望你说给我做妻子。只要我们身心结合在一起,名声怎么样都无所谓,就是去这个世界的尽头住都行,你说呢?好像再不把心里的话掏出来说,就死不甘心。还总担心这封信能不能顺利地到你手里,万一被人看到怎么办?想到此,感觉有些胆怯,故不敢多写。像你所说,也是现实,尽管我的脸上常表现出一种通达事理的样子,但仍然具有脱离不了世俗气的烦闷。现在的女人(指妻子)可不想这些,就是让她想,她也不会想。我也认为没有像我这么倒霉的人。

可是不管怎样,我有家庭,难怪你会那么想。我想设法尽快摆脱这个家庭,现今待在家里一天,都烦闷难耐。想每天都待在学校里,还想干脆当个行脚僧旅行。只是觉得你太可爱,忘不了。令人眷念!令人眷念!写到这儿,停下笔来,觉得正在和你拥抱、接吻。

我清楚地记得六月二十五日在名古屋的那个晚上,你在我的房间留宿;还有非常重要、非常重要的七月二十五日晚上,我在大阪穿上你曾铺着睡过的裤裙,感受到无与伦比的喜悦;还有在名古屋(第)三场休息时,我们在椅子旁一直紧紧拥抱时难以自抑的心跳。哎呀,这些美好的记忆怎么可能忘却呢?可爱!可爱!你永远是我的!喂,行吗?令人遗憾的是,在名古屋后台的事,还有去停车场送酒标志①的事,想起来就感觉心中不安,悔恨自己没有男子汉气概。

要说心中不安嘛,主要是那个叫酒标志的人,以前就说要把你纳为妾,现在仍然有这个想法,因为你也是单身。那个叫东标志的人也要离间你和我的关系,想把你拉到他那边去。我以前就知道这些事情,感觉也很糟糕!还担心这些事情没完没了。以你现在的身份去处理也可以。那天晚上,我只是祈祷并盼望你的心顺利地回到这边来。

我和妻子住在一起,不让你去那种地方,似乎没有资

---

①酒井谷平的代称,详见下文。

格。可是，我总觉得你和那个人见过好几次面，难于让人不产生疑虑和联想：该不是幽会吧，很可能是幽会。应告诉我什么时候幽会，怎样幽会！唉，从名古屋回来不会不见面吧。以前来电话也是这样，你光隐瞒他的事儿也不正常。哎呀，不再说了。一想起这样的事儿来，就心如刀绞，坐立不安。都是瞎说！都是瞎说！都是我胡思乱想。请原谅！我该怎么办呢？以喜悦的心情开始写这封信，写到这儿竟有如此心境。——过几天就把我的照片寄去，请收下！寄张照得好的，免得你不喜欢，惹讨厌。尽量照张小的寄去。

佩戴在胸前的那种不合适吧。如果想要那种，我可以找出来给你寄去，怎么办？

关于你的照片，跟前几天说过的那样，光拍脖子以上就行。拍完把它和我的头发一起放进衣袋里。怎么拍都没事儿，只要能看到脸就行。寄衬垫不行，要是手绢，那还可以。商量好寄给我的方法后，请寄给我！如果觉得不妥，就放在学校里，只在那里用。寄以前再用一下，染上你的气味儿！短外罩挺好，仅凭你有这份心，我就会高兴得热泪盈眶。东西请先放在你的衣柜里！你那么跟我说，我多么高兴，光这份心意就够了。你现在穿和服方便吗？做件穿怎么样？要是给我做，就做件衬衣吧，做夏季穿的衬衣好！今年已经不应季了。

也可权当在旅途中买的，带回来没关系。你过几天来这儿吧！正好有你贴身穿的。我还想给你做件贴身穿的东西，做什么好呢？请告诉我何类衣服大致合适。做后请你把它穿在身上，权当是我拥抱着你！这样反倒喜欢总是穿着，也许好的衣料比较舒适。

研究室的事儿什么也没说啊。总觉得你看到我的东西，会感到难过。还是想办法在研究室搞吧！

你来户山之原方向散过步吗？我一点也不知道。多么想见见你啊。或许在十五号过后的途中，我能见到你，光看到脸也行啊。至于家里的书生，你不用担心。他什么也不知道。不知道最好。是我告诉你，让你避人的。请宽恕我让你经历这样痛苦的恋爱！请你认可这是命中注定！我觉得，这实在是不可思议的恋爱。至少对我来说，是有生以来第一次从内心深处萌发爱情。如果毁掉这种恋情，我的生命就不存在了。

恋爱教会我很多东西。我也在想各种办法修饰自己的外表。但是，两人的关系要务必务必地互相维护。无论是生还是死，务必要维护。真正的夫妇要同心同体。你身边男人很多，而我认识的女人，除了妻子，只有研究所的一两个文学家。这在你面前，是可以忽略不计的数字。我的爱会完完全全地献给你，请相信这不是一时冲动的婚外情！我一定不会变！那边的事情，请相信我会处理好，大概会相信我吧！可你要是变了，我这般死心眼儿的人难于解脱，不定会怎么样！

今后，无论谁写信，什么时候写信，都要在最末尾、字表面、空白处或其他什么位置，亲吻到湿乎乎的程度，再互相寄走！这样，收到的一方再亲吻那里，可以感受到对方的存在。现在，仍要请你坚持每天十二小时的思念！

下次你回信，就装作还我一本过期的杂志（这个月给你的《青踏》七月号也行），怎么样？把信夹在里面，交给我。我佯作不知内情，就那样收下，绝不会丢失的。喂，就这样吧！我的信邮寄给你应当没事儿吧！这样畏首畏尾的,可没办法啊。今晚写这封信,写到快一点钟了。现在想睡觉,做做你的梦!不是周六晚上那样的梦,而是令人兴奋、令人喜悦的梦。然后紧紧地抱住!搂紧!接吻!接吻!想和你接吻接到死。

吻你!吻你!

三

据说这封情书是大正元年八月三日晚上写的。(河竹繁俊著《逍遥、抱月、须磨子之恋》每日新闻社刊)

河竹先生说,在这前一天,抱月、须磨子和抱月妻子发生了一次冲突。

那天,抱月在高田马场的杂树林里和须磨子幽会,被夫人跟踪抓了个现行。

看到夫人到来,两个人大吃一惊。须磨子对夫人说:"非常对不起!以死向您致歉!"说完,便逃走了。抱月开始骂妻子:"你多么卑鄙啊!"

须磨子已溜走。抱月被妻子拽回家里,又陷入争吵。

此时,为《卡菊夏之歌》和《都市的船》作曲而风靡大正和昭和时代的中山晋平,作为一介书生,正住在岛村邸。

抱月和须磨子的事不言自明。被抓现行而狼狈不堪的抱月约见了中山晋平,并畅言交谈。交谈中抱月突然改变态度,喊道:"我们的事,随你自己的情绪审判吧!"不由得说走了嘴:"我干脆从大学辞职,把她领到乡下去好了!"

他担心须磨子一个人跑回去的安危,托中山晋平第二天早晨去探听须磨子的情况。

听说须磨子已在第二天早晨顺利回家,心里平静了一些。故而在那天晚上,把苦恋并伤悲的心情和盘托出,写了这封信。

对于发表有着个人隐私的信,河竹先生也曾感到犹豫。

他说:"在这里全文公开这封信,我也感到很难受。但为展示抱月当时的悲痛心情,深入剖析他和须磨子的关系,自己必须要忍受。"

确实,这封信作为历史资料,包含着非常重要的信息。(最近,我打算为某个杂志写稿,正在调查须磨子的情况。)

比如说,抱月和须磨子实际是六月十二日在名古屋公演时,发生性关系并被人发现的。

后来在逍遥邸,一个调查委员会对此做问询,抱月一口咬定:

"今后的发展不敢说,现在两人之间没有任何不道德的关系。"由此看来,抱月的话是谎言。

而且继六月偷情之后,两人于七月二十五日再次亲热。还有须磨子铺着抱月的裤裙睡觉、利用舞台空闲时间偷偷接吻等事例,足以证明两个人的关系已相当亲密。

还可以推测,所谓的酒标志就是文艺协会的赞助者酒井谷平,东标志则是与须磨子同一剧团的干部东仪铁笛。据当时发现两人关系的人说,抱月虽比较奔放,而须磨子除了抱月,还交往着其他男性。

我在这里特意介绍这封信,并不是一味迎合大众趣味,窥视资料的价值和他人的秘密。

说实话,这封信令我感动。我认为这是一封出色而精彩的信。

这封信不是名文,不是时髦文章,也不是朗朗上口的华丽诗篇。

尽管如此,它仍然能够打动读者的心。这是抱月怀揣思慕之情、一吐为快写就的。

曾被誉为早稻田新才智并埋头于万卷书的抱月,抛开教授和文艺协会干部的地位,对一个女演员表达淋漓尽致的感情,认真地书写出这封信。

常言道：恋爱不需要身份和地位。说得一点不错。

所谓真正的名文，大概也指这种文章吧。没有任何做作、欺骗和敷衍，忠实地按照自己心中所想，一味地、拼命地写就。

这自然令读者感动。

抱月是早稻田大学学美学出身，既写小说又写文艺评论。在数量繁多的莎士比亚的戏剧译本中，也有抱月很多留传后世的名文和技巧。

写这些名文的人和写这封信的人，怎么也不可能是同一个人。这封信赤裸裸地表现出书写者是一个不顾才智和教养的人。

通过这封信还可以说明，好的文章与才智和教养无关。诉说一件事情，未必需要深奥的词语和费解的表达方式，既不能做作，也不能兜圈子。如含有这样的东西，真情反倒会被否定，变得无味和无聊。

比方说，"新绿弥望之际，谅各位很健康！"或"这次令郎结婚确实可喜，深表祝贺！"这类话语不会令我们感动，因为感觉不到真情的存在。

相应的表面精彩的文章，仅是辞藻华丽，如同观看漂亮的时装模特,看起来很漂亮,但仅此而已。

所谓好的文章,并不是仅凭文学知识和写作技巧就能写就。具有文学知识和写作技巧再好不过,但更重要的是,有没有想要表达这一场景的热烈情怀。真情能够超越一切技巧和知识,是写好文章的根本保证。

在过去的名人书信中,我认为抱月的这封信和英世母亲寄给在美国的野口英世的信(现保存在猪苗代的野口英世纪念馆里)至高无上。

英世母亲志贺是一个连小学也没上完的年老的女人,能用秃铅笔掺杂着平假名和片假名而写出拙笨的字,但她看样学样、认认真真地写。

这封信有点长,很遗憾不能引用全文,信的末尾有下面一段文字:

……快点来吧! 快点来吧! 快点来吧! 快点来吧! 这是我一生的请求。冲着西边祈祷! 冲着东边祈祷……

这里既没有书写的技巧,也没有难认的汉字,只是反复地写同一句话。然而,这信里洋溢着母亲思念孩子的真情,使人眼前浮现出年迈、佝偻的老人衷心祈祷的身影。

就连废寝忘食、潜心搞研究的英世看到这封信后,也匆忙决定回国。

抱月和英世的母亲,在才智方面和教养方面,有着天壤之别。一个是大学教授,一个是无知的老太婆。但两篇文章都能打动我们的心,被他们那种想说就说的气势所压倒。

英世的母亲甚至连标点符号往哪儿加都不知道,有时一个点一个点地加,或随便加很大的句号。

抱月的文章写得很好懂,慎用汉字,言语通俗,便于阅读,与他所写的其他书信风格完全不同。这里能看到一种关怀,让仅有小学文化的须磨子也能看懂。所谓的"接吻,接吻",可能是当时新鲜而富有魅力的外来语。

对情人的专心和温柔,会一同超越所有的技巧,力撼人心。

抱月也有装腔作势、小题大做的表现,但在这种专心和温柔面前,反倒令人看着满意。

话虽如此,现在还没有人写这种热情洋溢的信呢。

这时,抱月已四十五岁,身居教授,有老婆,有孩子。一般来说,应是个通晓事理的中年人。

他写了这样奔放的信。

当然,其写信背景是两人幽会的场面被妻子发现,不得已暂处分离状态,具有想幽会不能如意的无奈。

何况抱月是个不苟言笑之人。先不说心里咋想,从表面上看,是处事冷静、自我克制的人。他看到须磨子突然激情澎湃、不能自已,与年龄相比较,显示出对恋爱的至真和纯粹。

应当说,一气写出这封情书的热情也非同一般。

写信的一瞬间,一定会比通常的欲言精神昂扬、罗曼蒂克。拿着笔,对着纸,倾心思慕会随着心扉敞开,会一步步愈加强烈。

说起来,这样的文章,别人很难写出来。反言之,写这种热情洋溢的情书的人,现在少有。

物质文明的进步,使通讯变得更加方便、快捷,恋人们几乎都用电话互诉衷肠,不再干写信这种慢吞吞的事。

或许也包括:打电话能节约时间,过后留不下证据。

然而,在这种便利、经济的条件之下,确实也有我们遗忘的东西和不尽如人意的东西。尽管觉得是一种进步,实际上也是一种退步。

看到抱月的这封信时,就会模模糊糊地忆及我们遗忘的东西是什么。

过去男女之间,有着讲究体面、思想封建、人情世故等各种各样的羁绊。想见面,不容易见到,思念也不能及时、方便地转达。

正是因为不方便,才会产生激情澎湃的恋情。男人和女人才会一心一意地、拼命地向前挺进。

抱月和须磨子的恋情,现在来说,就是所谓的婚外情。这是一种不合常理的爱,一种泛滥的情,曾遭受过社会的强烈谴责,作为戏剧界最大的丑闻而引起轰动。可以说这一恋情已超越善恶。我们能够从这封信中,看到一个男人为了真实的爱,而忘我付出的坚定和真诚。

或者说是,一个抛弃了地位和教养的男人,超越荒谬和乖戾,全身心地付出了燃烧着的男人的真情。

现在还有能够写出这种激情澎湃的情书的人吗?还有让人写出这种情书的女人吗?

在自由和富足中,我们所缺失的,也许就是能够写出和让人写出这种情书的纯粹和炽热。

不是"主妇"的主妇

一

说实话,"主妇"这个词给人的感觉是平淡和乏味。

在词典上查一下,它的意思是:丈夫的妻子,操持家务的妇女,或者女主人。英语是"House wife"。从字面上看,确实是冠冕堂皇的。

然而,当女性婚后被赋予"主妇"这个词所具有的实际意义时,就会觉得被笼统而不得要领的无个性集团绑架了。

这一点,看看早晨的电视综合节目就能证明。比方说介绍一个女性,会出现这样的文字:"主妇,三十五岁。"

似乎它可以与"大学教授"或者"评论家"这类头衔相提并论。

然而,主妇究竟是不是一种职业呢?一般来说,当今社会没有靠做主妇以领取工资的人,所以不能说是职业。

实际上,字幕上的这句话里,没有任何介绍主人翁个性的东西,只是表示出是个三十五岁的已婚妻子而已。不用说,三十五岁是年龄,与这个人的人格基本上没有关系。

节目中,主持人向主妇打听:"令婿做什么工作?"还问:"有几个孩子?"虽说可以听到她对这一提问的答复,但这个人的人格和个性并不能展现出来。

如果做客的是位单身女性,会被介绍为单身女职员、女学生或时装店女老板什么的。如是女职员,会被问及在哪儿工作,做什么样的工作,工作有没有意思。如果是学生,会被问什么专业,对什么感兴趣。要说她们的身份,也都很普通,但要比介绍为"主妇"有个性、更具体。

是从何时起,已婚的女性被统称为"主妇"的呢?可能这个词是从镰仓时代启用的,产生的详细经过不清楚。

但是,这个词用以区分女性已婚和未婚的意图非常明显。

有没有丈夫,女性的地位大不相同。这种思想一定来自将妻子视为丈夫附属物的武士社会。

长此以往,又把它遗传给了现代社会。

我们从这个陈腐的名词里所能感觉到的,只有无个性和无可奈何。

总之,"主妇"这个词在当今时代已经过时了。一般认为,用结婚与否来区分女性,已不再具有现实意义。

这种思想也体现在杂志的世界里。过去,主要面向主妇的杂志,称为《正妻志》。这种杂志的突出特征,是在年末期刊上附有家庭收支簿及其目录。

近年出版的女性杂志,已多不涉及已婚和未婚。好像是执意打造姑娘和夫人都喜读的杂志,故阅读的人很多。

姑且不论这种情况,是姑娘的夫人化,还是夫人的姑娘化,好像两者之间在意识形态方面,没有很大的差距。

但是,"主妇"这种称谓仍然具有较大的影响力。在报刊和电视上仍有人使用"主妇"这个词,并在冠名下展现各种各样的已婚女性。

用已婚和未婚区分女性可能还是方便吧。已婚或未婚者的思想及行动可能会有一定差异吧。

语言再怎么陈旧,只要内容不变,就不会轻易地消亡。

二

过去我在医院工作时,曾经和在家当主妇的护士们一起工作过。她们大多是计时工,也有的不是。

这些人和单身的护士相比较,能力上几乎没有差别。反倒是工作多年的已婚护士中能干的人多。

而且这些人有着成熟的年龄,因在家经常接触丈夫,对接诊男性患者,不会感到羞怯和犹豫。如果在诊脉时,男性患者悄悄地握住她的手指,她能开个小玩笑岔开:"不行啊,那样脉动会加快的。"

因为自己有家庭生活经验,能帮着患者斟酌一些小事,也知道哪儿卖便宜的卫生纸和毛巾。

也因为通达人情,能与患者和护理者轻松地交谈,使人乐于接近。对于女患者丈夫和孩子的事儿,也能帮着出主意。

有孩子的人自然会哄孩子,对爱哭的孩子也哄得很好,非常便于诊疗。

在单身的护士们中间,能起一种润滑油的作用;也不像单身的女人们那样,在某些方面禁欲或爱好单一;发生什么不愉快的事时,也可以做调停人;生活上可以做年轻护士的顾问。

另外还有各种各样的优点,因不了解详情,故不一一列举。大家对已婚的护士,至少有可以开玩笑的轻松感觉。

可是,与上述长处相反,也有一些缺点。比方说,护士的勤务规定做到下午四点,有时候四点已到,手术没完,需要继续进行;或者时过三点,接诊急病患者,处置完毕,有时超过四点。

每逢这些时候,已婚的护士经常显露出不快的神情。有的甚至在手术期间,以"到时间了"为由,让别的护士将自己替换下来,以保证自己按时回家。

当然,工作规定是干到四点,有替换人员时,替换也没关系,没有理由批评被替换者。但是,若明知再过十分钟就能结束,却找人替换,匆忙往家赶,总让人觉得有点扫兴。难道连十分钟也坚持不了吗?

有时还干脆拒绝收治快到门诊截止时间而匆匆赶来的患者,或推给他人诊治。原以为她自己有家庭,会理解和体谅别人的难处,结果却不是。

有的成为患者及陪护者的知心人后,却不太关心病情,顾左右而言他,闲聊兴致很高。有时查病房,医师已去了下一个病室,她却还在闲聊。

而且,说不清楚为什么已婚的护士总有一种动作迟缓和拖拖拉拉的感觉。在病房里给患者换纱布时,突然需要探针,希望她马上去器材室拿来。不知什么原因,她们会不予疾步速取。和单身的人相比,其给人不慌不忙的感觉。

如果说"还是年轻"的缘故,那就到此打住。实际上,这是缺少同情心和工作热情不足的缘故。

说得极端一点,她们只是按照上级的吩咐干工作,绝不多干。只做必要而最低限度的事,不做多余的事,给人一种我没责任的感觉。从这里可以看到有家庭的主妇的厉害,从而使人感到忧郁。

她们出现差错时的道歉方式,也不像单身的护士那样直率,说声"对不起"就算完事了。有时还要加上一些理由,而且是堂而皇之的理由,让人听着禁不住苦笑。

另外,还有与工作没有直接关系的事。午休时间,有的已婚护士经常给丈夫和孩子编织东西。当然,休息时间是个人自由时间,干什么都行。单身的女性们要么聊天儿,要么读周刊杂志。对此不能说好或不好。

而在午休时间编织东西的已婚护士,会露出比工作时更加认真的表情,令人觉得精神不爽。

或许,这个人家庭观念太重,才会做出这样的事来,也使人为其珍惜每一寸光阴的可怜而感到难过。

还有一点也与工作无关,就是在开完医师和护士的联席会议后,把剩下的点心和水果迅速收走的多是已婚的护士。

这些东西总归要剩下,为避免浪费,可以带回家。可是一散会,就听到她们嚷"这个我要了!",尔后麻利地包在纸里,让人觉得郁闷。

实际上,这只是个时机问题,打包时间再略微往后推迟一下,或者不嚷嚷,不引人注目,做这事也未尝不可。虽不需要特别害羞,但也希望有点羞涩之意。

单身的女性不爱做这种事。想必是自尊心强些,想做却感到害羞吧。

也许她们是做作,害怕人们意外地给出评价。但从男人的眼光看,那种没有做作的姿态更令人满意。

以上这些情况,是我在医院这样一个狭小的社会空间里,所耳闻目睹的一些小事例及所感所悟。其中或有武断,或有误解。

已婚护士们对工作的态度,可能是源于计时工身份及已婚、有家庭……还不能下此结论,最近年轻的单身护士们也在合理地只做指定的事和分内的事。或许在相同的条件下,单身的人更冷漠一些、自私一些。

还有,已婚者比单身者能干的人多。对特别有能力的人则另当别论。

然而,用人单位仍然热衷寻求未婚者,轻视已婚者,可能还是因为两者之间确有某些差异吧。

尽管说单身的人也有各种问题,但还是精力旺盛、生机勃勃来得好。

单身的人工作起来,有忘却一切而积极认真的一面。与此相比,已婚者有种动作迟缓的感觉。她们好像也在拼命地干,但家庭的影子不时浮现,影响到了本人的情绪。虽然自己感觉不到,但是别人能看出来。

一般认为,已婚者和未婚者在能力上没有太大差距。在慎重的思考力和判断力方面,已婚者优越的情况多。对工作单位的固定意识也是已婚者强,跳槽的相对少。

尽管如此,在工作单位内部,已婚者还是被敬而远之,也许是因为不经意间表露出的家庭观念令周围的同事精神不爽,给大家心理上带来不和谐的感觉。

三

所谓的主妇,作为家务主导者,在家庭中才有价值。从这一意义上说,主妇是家庭的大王。

可是,达到理想的家庭主妇的状态还是有些问题。

这些问题,都是被各种各样的人所指出过的问题,比方说,主妇的视野狭窄,气量狭小。

不考虑长远和未来,只顾及眼前利益。

比方说,儿子想去外国留学,母亲最先反对。顾虑去那么远的地方,生病怎么办?若带个蓝眼睛的儿媳回来,那可不得了!

不考虑面向未来提高孩子的能力,只是因为宠爱,就想让他待在身边。觉得让他不离左右、无病无灾就是最大的幸福。

或者,极其在乎一些无关紧要的小事,经常发脾气,原因是孩子成绩下降了,或者从学校回来晚了。

为什么会这样?到底有何缘由?我在此不想探讨这样的问题。

只待在家里的主妇,对社会性问题不感兴趣,是一种普遍的倾向。

比方说,对政治和经济基本上不关心,有的在公共场合缺少基本的道德操守。

在挤满乘客的电车里,对空出来的座位飞快地占据,并用手控制着旁边的座位,呼唤孩子或亲眷就座。不过,这样的人最近减少了很多。

或过马路不走人行横道线,从旁边一下子跑过去。

有的人不擅长集体行动,只主张自我,不和大家合作。

对各种事物的看法,均以自我为中心,不顾及别人的立场和观点,经常从行为上限制别人。

这些倾向当然不是只有主妇有,年轻的女性和男性也有。

但从总量上看,主妇略微多一些,这是社会公认的。

即便是这样,责任也不能完全归咎于主妇。

其社会性的视野狭窄,缺乏集体观念,与总是待在家里做家务、没有外出的机会有关。也可以说是事出必然。由于不能外出工作、没有与众人相处的机会,难怪不能适应集体生活。

如果长期只做家务和抚育子女,有着某种程度的以自我和家庭为中心是可以谅解的,毕竟做家务和抚育孩子也是一项非做不可的工作。

尽管对她们报以同情和理解,但"主妇"依然还是只维护家庭、肚量狭小并以自我为中心的女性的代名词。

何况还有"主妇权"之说,这个词的定义是:"主妇受到社会观念支持、以家政管理为中心的权限。"词义有点夸张。说穿了,不过是掌管厨房的权利。

这种权利,既不具现代魅力,也不难得。

有的男性评论家大放厥词,说:"做家务和抚育子女,是唯有女性才能够做到的、富有独创性的工作!"他们自己是男人,不做家务和抚育子女,借此抬高和鼓舞女性,根本没有说服力,是令人发笑的言论。

总之,从"主妇"这个词里感觉不到才智和高大,即使她是掌管全家生活的女主人。同时,语感也过于陈旧。如果习惯于这种称谓,会觉得自己有点可怕。

"主妇"这个词,本来写为"女+帚"[①],意思是不打自招。这样的词意,将会引起主妇拒绝使用。

---

①指日语的繁体字"婦"。

四

的确,家庭主妇的视野会变狭窄,有工作的主妇在单位不时浮现出家庭的影子,我们对此未必应该责难。人不能无视生活背景而生存,也难以从那里面完全解脱出来。

世界各国的主妇,应该都是肚量狭小、家庭第一吧。

日本的主妇与别国的主妇相比,好像更甚。

这些事,对于有这种妻子的丈夫来说,未必是件难言的事,相反是件可喜的事。

即使去外面工作,也念念不忘丈夫和家里的事。到了四点,就干脆地回家。仅有的一点时间,也要给孩子织织缝缝。这样才能捍卫家庭,免除丈夫的后顾之忧,也才能从家里走向社会。

然而走出家庭,成为职业人时,就会发生一些问题。"既然出去工作,就应该暂且忘记家里的事。在公司专心致志地工作。"这种意见是合理的。

专心致志并不是忘记一切,只热衷于工作。如是,很多男人也会失掉从业资格。可以说那只是一种值得夸赞的精神,或者只是相对而言。

在工作着的人们当中,如果有人带来家庭的气氛,会很快传染给周围所有人,使整体产生被挫伤的感觉。

从这一点说,兼做主妇的就职人员问题比较多。

然而,也不是光主妇有责任,这是多年来,日本家庭和主妇的固有关系。

主妇很难从家务中解脱出来,被迫习惯于以扎根的形式生存。恰当地说,是还没有完全从那里面解脱出来。

原先一听到"主妇"之称,马上联想到家庭,关心地问询"丈夫呢,孩子呢",并从其回答中想象这个女性的人格。不是直接从本人那里,而是绕过本人,间接从亲属身上探寻和思忖。

对于这种问法,主妇本人也能有限度地理解和接受。也可以说是男人放任、助长了这种问法。

总之,日本的男性一看到女性,就想问结没结婚,很介意她是主妇还是单身。可能这个世界上,没有人这么介意男性结婚与否吧。

问过对方,知道是已婚,态度马上就转变。

结识一个初次见面、给人印象良好的美女,就想着尽最大可能跟她交往下去。

他会小心翼翼地问:"是单身吗?"如果女性摇头,男人马上死心:不行!

如果对方回答是单身,男人马上就来了精神。即使有男朋友或未婚夫,也觉得不要紧。

这种反手技术或许是除球类竞技之外,日本男人独有的东西。

根由是,对方是已婚女子,就被认为不能再追求,不能再接近,有一种无形的禁忌存在。

哪怕是对方行将离婚,或者已分居,有与己相恋的可能。只要听说是已婚女子,就打退堂鼓。

乍一看,好像是尊重对方,体谅对方,谦恭而客气。

其实不然,他所忌讳的是女子已婚、身有归属的现实,是对方有丈夫。女性本身关键的东西,什么也没看到。

可以说只是拘泥于形式,或者是仅凭户籍判定趋向。实际是眼光被形式的东西遮住了,这充分地表现出日本男性的软弱。

也可以理解为男性们借此相互扶助。他不勾引已婚女子,其他男性也不勾引他的妻子,好像是互相缔结了盟约一般。

如果是欧美的男性,可能就不会这样。有喜欢的女性,就直接追求。就是有未婚夫甚至有丈夫也没关系。

还有极端的情况,就是当着丈夫的面,无所顾忌地追求。他们认为:所谓的已婚,只是这个女性的特定状况,并不能约束住这个女性之本身。换言之,如同穿戴在身上的衣服和饰品,已婚只不过是从外表所能看到的形式而已。

丈夫也不会冲着追求自己妻子的男人发脾气,只会露出不快或反感。继而会关怀体贴妻子,努力把妻子留在自己身边。丈夫会证明自己比那样的男人好,以此取悦妻子。

他们虽以娶漂亮的妻子为自豪,却总是放不下心来。一旦有男人向妻子求爱,新的争夺战就会开始。丈夫和求爱的男人会以对等的地位展开较量。

对照来看,日本的男性是从容不迫的。即使娶到颇为美丽的女性为妻,只要不遇见相当鲁莽的男人,一般不会出现问题。

妻子也不会认真对待玩暧昧的男人说的话,会采用半开玩笑的方法予以应付。

可以说男女都非常拘谨,没有冒险的勇气。

不要对此误解,我并不倡导男性轻率地追求已婚女子,更不纵容主妇相信男人的花言巧语,轻易地顺从男人。

只是觉得,从一听到主妇称谓便立马撤退的男人和一见到有妇之夫便沉默不语的主妇这两者身上，就能感受到日本人独具的、对外在形式的过高评价和难以消除的、对自有家庭的过度相信。

总之，"主妇"这个独特的名词，唯有在日本被予以固定，它和职业一样被广泛使用，成为一种社会地位的象征。

欧美没有相当于日本的"主妇"的用词。即使是"House wife"，也不会无所顾忌地在电视上用于自称。

这种差异可能来自狩猎民族的欧洲人和农耕民族的日本人之根基。

欧洲人重视个人，日本人重视家庭。农耕时期的日本人，插秧、割稻都依靠各家各户的共同努力，从而不会从那里产生抢夺他人之妻的构思。

只要是主妇就能在家庭共同体中受到严正保护，同时受到家庭伦理的强制和约束。

于是便诞生了"主妇"这个独具表现力的词。

然而，现代的大和民族已不再是农耕民族。

家的概念和女性的意识都已经悄然发生变化。只要出现能够取代"主妇"称谓的、富有个性的新词，就能使主妇们心满意足，撒娇的人也会减少，一种新的、更富有个性的主妇形象会精彩纷呈。

美丽的分手

一

分手有美丽的吗?

我自己经历过分手,还看到或听说过他人的分手,就越发不理解什么是美丽的分手了。

美丽的分手是真正的分手吗?

所谓分手,是美丽而漂亮的事吗?

当反问自己时,回想起自己和一个女性曾经的分手。

那个女性的名字叫K子。

我刚当上医生时,很喜欢K子。

工作单位相距也很近,交往一年后,还发生过关系。也曾在她的公寓里住下过。

到了这种时候，与其说是喜欢，不如说"爱"这个词更为恰当。

不！说"爱"仍言不尽意。

应该说，达到了男女所能达到的那种地步。

我和K子分手了。

分手的理由在此不涉及。其中有双方的变故和任性。

她对我很留恋，我对她更留恋。从分手的那一刻看，她反倒更轻松愉快。

当然，这是分手成为既定事实之后的情况，原先是互相怨恨而各自感到痛苦。

青春所具有的异常的大胆和对爱情的倦怠，使分手变得更为复杂。

在这里，仍然不能说明分手的原因。

分手对当事人来说事关重大，对其他人来说则无所谓，甚至会认为追忆过去是无聊的。

爱的纠葛只属于当事人，也不应该对外人说明。

再说，叙述分手的原因也不是本文的目的。

我们是出于多方面考虑，才决定分手的。觉得这样对双方都是最好的，是一种令人满意的结局。

然而,决心是下了,行动上却不那么果敢。

"想分手"是一种决心,并不是一切都相互融通了。

说得稍微夸张点儿,思想上相通了,并非身体上也相通了。

在这段时间里,我总觉得心里有两个自己。

一个自己想着和 K 子分手,另一个自己则不想分手。两个自己相持不下,发生对决,难以抉择的东西萦绕在心头。

做出互相分手的决定后,我们又见过几次面。

第一次在十月底,北国已秋意阑珊。

那天晚上,我穿着藏青色大衣,她穿着带白帽子的风雨衣。

我们在常去的咖啡馆见了面,然后去了街上的西餐馆。

这家餐馆名字叫"斯科特",是札幌比较高级的西餐馆。

我们在那里一边吃饭,一边盘算着自此分手。

实际上,在此之前已经说过分手,并约定这次吃饭。

当时我没有工资,两个人吃喝的费用理应均摊。

出于这两种考虑,我决定请客付全款。

一是这是两个人最后的晚餐,二是对她表达三年相处的感谢之情。

当时的我,订了份与身份不相称的西式 A 道菜,还要了葡萄酒。

男服务员把酒斟入玻璃杯后离去,我们端起酒杯。

说"再见"不好意思,只说了声"就这样"。

我们谈天说地,谈工作的事儿和渐冷的天气。

说西之手稻山上已经下了第一场雪。

两个人和往常一样沉着地交谈。从旁边看上去,是一对和睦的恋人在吃饭。

我突然想:两个人是以心照不宣的方式,淡淡地分手了。

酒即饮干、饭将吃完时,两个人的状态逐渐有点不正常了。

她酒量不济,眼角有点发红。我的胆子也有点大起来。

上完西餐的各道菜,我们站了起来。

当初两人的计划是一离开西餐馆,就分道扬镳。

一来到外面,觉得风很冷。两人同时感觉这样分手似乎有点残酷。

不只为了她,也为了给自己排解寂寞。我小心翼翼地问:

"再去一家酒吧喝点儿好吗?"

她痛快地点了点头。

我一边陪她在枯叶飘零的铺筑道路上走,一边自言自语:"再去饮酒是因为风冷,不是因为难舍难分。"

难舍应该分手的女朋友,却归咎于风和寒冷,也许是无耻的,但当时确实这样做了。

这样的辩解应当归属于不正常。

我们又去了一家酒吧,喝来喝去,我复杂的心情逐渐平静下来。

今日是相恋末日的悲怆情绪淡薄了,又恍然觉得今后还会在一起。

为什么现在必须要分手呢?对分手的根由也开始怀疑起来。

她好像也一样。

她喝醉了,不知不觉地把头斜靠在我的肩上。

从第二家店出来已经十点钟了。

风依然寒冷。冷风吹走了我的醉意,重新想起今天的见面是为了和她分手。

我们沿着行人渐少的僻静胡同并肩前行,快到大街时拦下一辆出租车。

"送送你吧!"我说。

K子注视着我的脸庞,点点头。

乘车到她的寓所,需十五六分钟。

从宽敞的大街上向左拐,再从药店的拐角上向右拐,就到她的家。永远分手的时刻即将到来。

只要车停下来,就要鼓起男子汉的勇气,果断地和她分手。

尽管心里这样想,但是当出租车抵达她的公寓时,说的却大相径庭:

"顺便去坐一下可以吗?"

"你要下车?"

我点点头,并抢先付了钱,跟在她后面走。

走到了K子的房间。

打开房门,里面黑暗而阴凉。窗前桌子上的装饰品,在黑暗中显现出模糊的轮廓。

我觉得让K子独自回到这样的地方有些可怜,觉得跟着来比较好。

"喝咖啡,还是喝茶?"

"要茶。"

我们又和原先一样,在矮桌前面对面坐下来。

旁边的八贴房间和兼作餐室的厨房里有暖炉,房间里充满热气。

我走进去,一边看着她让炉火映红的脸庞,一边央求:"就今晚!"

结果,我那晚在她的公寓里住下了,第二天慌慌张张地跑到医院去上班。

二

我们的分手总是这样不干脆。

要分手!下了很大的决心见面分手。但一见面,又互相依偎在一起了。

如果别人说我没有男子气概,没出息!我无言以对。

我自己对自己也感到惊讶。

她好像也一样。

她一边说"就到今天为止吧!",一边却顺从我,接受我。

最终是我坚定信念、要求放弃,她也没有积极地响应。

实际是我一直在主动地要求分开。

虽然这么说,但是也不能说她没有责任。

历次分手均流产于氛围。实际上,她在内心深处没有排斥我的意念。

今天再来最后一次的思想,反而会进一步挑起两个人的欲望。

也许再也见不到她了,越这样想,兴致越高。

好比余烬瞬间闪现的艳丽火苗。

再也见不到了!这是最后一次了!我们一边这样想,一边反复幽会。

似乎是为了增加激情而空喊分手和利用分手。

当然,这样的状态不会持续很久。

她要离开我的日子时刻逼近,我也经常受到周围人的提醒。

有的说和不可能结婚的女性经常幽会,是一种罪恶。有的说如果为她的幸福着想,应该果断地离开她。

这些道理,我都知晓。

道理归道理,却不能照着做。

不久,时间进入十二月。她要离去的日子迫在眉睫。

我突然想到两个人见面不能定在晚上。人在晚上心慈手软,所以分不开。

如果时值正午,会面在明亮的镶着玻璃的咖啡馆里,不就能断然分手吗?

先是假装没事地交谈,最后斩钉截铁地说"那就这样",再疾步离店。这样不就能冷漠地分手吗?

于是,星期天的下午,我们在隔着玻璃看到柏油路的咖啡店里幽会。

一阵交谈过后,我说:"那就这样!"然后拿起账单,走出门来。

然而,她随即跟出,一同在明亮的阳光下迈起步来,并不知不觉地朝同一方向迈进。

没说要去哪儿,也没说不去哪儿。

只是肩并肩地一起迈步向前进,谁也不说话。

与其说我意志不坚定,莫如说身体不由自主,不是我的另一个自己同她在走路。

同时也强调自己的歪理:不想分手却硬要分手,不也是一种罪恶吗?

相似的会面在重复,一直到十二月中旬。

分手期限真的到了。

年终的二十八号,K子决定返回故乡,不再到札幌来。

在临行前一天,我们又见面了。

这一次,我们终于爆发了激烈的争吵。

之所以说"终于",是因为有先兆。

以前藕断丝连的幽会,在各自的心里埋下了仇恨的种子,在曾经沉默的瞬间,彼此都憎恨过。

虽然在语言上没明确地表达出来,却把种子埋进了心里。

所谓仇恨,也可以理解为他们仍在相爱却不得不分手的一种愤怒和焦急。

然而,分手是两个人三思而后行、忍痛割爱的结果。这件事,就是推倒重来也只能如此。

这样看,就容易理解了。

实际上,他们心里依然隐藏着彼此不能理解的隔阂。

回想一下,或许两个人想做出比曾经的分手更为漂亮的举动。

相爱却不能在一起。虽然有这种不满,但是仍考虑如何漂亮地分手。

"反正要分手,就漂亮地分手吧!"他们可能陶醉于这样的话语。

这里有一种不合理。

快到年底时,这种不合理便一下子爆发出来了。

当时争吵的内容现在回想不起来了,场景却历历在目。现在不想说这事。

大概是我责备她忍耐不够,她责怪我自私。

争吵过程中,我曾喊:"要是那么想结婚,就随便找个人结婚吧!"她还嘴道:"你太无耻了!"

现在回想一下,各自都有道理,彼此都很任性。

然而,两个人同时失去了冷静。

互相责备和非议对方。

最后,我喊:"这样和你分手就轻松了。"然后跑到街道上。继而听到她在我的身后喊:"我也是这样。"

已经是十二月底了,街道被厚厚的积雪覆盖着。

我带着醉意和寂寞在那条雪道上蹒跚而行,口里骂着:"浑蛋!浑蛋!"

还诅咒道:"要让这样的家伙受苦、倒霉!"

然而,这充分证明了我还爱着她。

伴随着咒骂、喊叫、贬斥,我扑簌扑簌地流眼泪。

为什么流泪呢?

是吵架没得胜而感到委屈,还是没做到漂亮地分手而感到懊悔?抑或对自己最后没能抓住她而感到窝火呢?

好像都是，也好像都不是。

那天晚上，我独自来到街上，喝到酩酊大醉。

醉得睁不开眼睛，又恶心，又呕吐，尔后上床酣睡。一觉醒来，接近正午的阳光已照射在窗前。

我急急忙忙地往她的公寓打电话，得知她清晨很早就返回故乡了。

已经是十二月三十号了，我在晃眼的皑皑雪景中呼唤着她的名字。

三

我不认为不存在美丽的分手这一说法，有人分手是美丽而甜美的。

这是回忆过往所产生的感怀，和分手本身有所不同。

岁月就像魔术师一样玄妙、神奇，她能把一切东西变得美丽。

上年纪的人都会把自己的青春时代称为旧的好时代。

八十几岁的人说大正是好时代，六十几岁的人说昭和初期是好时代，而四十几岁的人甚至说爆发世界大战的黑暗年代是好时代。

这是透视过去所带来的感触,不是对那个阶段的自然看法。

也是对流逝的青春的怀念,从这种意义上说,是单方面的自我陶醉。

所以,有的人无论多么深情地描述自己青春的美好,对于其他几代人来说,也唤不起任何共鸣。

说得冷淡一点,不过是"自斟自饮"。

恋人的分手也与此相近。

现在,我再把我和 K 子的分手作为香甜而美丽的东西加以回顾。

可以确信我们是从曾经相爱、彼此理解的立场上分手的。

"确信"这个词应该算用得准确。风化的岁月变成了美丽的东西。

然而,实际的分手不是那么美丽,而是互相伤害,互相咒骂,互相揭短。

结果是两败俱伤。

和相爱过的人如此分手,岂止是不美丽,简直是凄惨。

然而,不这样做就没法分手。

两个相爱的人不追逼到相互憎恨这一步,谈分手会成为枉然。

我现在不再相信"因为爱你,才要分手"的说法。

"因为爱你,才要分手"的逻辑也许女性会有,男人大概没有。

譬如,有人提亲,男人对女人一见倾心,男人说:"为了你的幸福,我要退出。"

或者男人对相处良久的女友说:"我是个没出息的男人,配不上你。你要是有合适的人,可以去他那儿。"

我不相信这是爱着那个女人的男人所说的话。

一般情况下,只要男人深爱着对方,直至生命将息都不会舍弃。

当然,对爱的表达方式会因人而异,但不会简单地放弃自己的至爱。

为了不让那个女性离开,不惜付出诸多牺牲,极力挽留心上人。

因而恋爱并不是完全能够相互体谅的东西。

岂止是不能够体谅,有时甚至是自以为是。

不伤害对方、不伤害周围的人、不伤害任何人的爱是不存在的。只是自己没有感觉到而已。不经意间,已在某些事上刺痛了别人的心。

所谓的爱归根到底是利己的。

可以伤害别人的歪理是不能成立的,应该尽可能地不要伤害别人。

不想伤害别人是从善,但不能使其成为"可以让给别人"的借口。

"为了你的幸福,我要退出!"这句话听起来悦耳动听,似乎在为别人着想。

看起来似乎是以冷静的心情、广阔的视野看待事物。

可是爱需要这些吗?堕入情网的人至少不会顾及这些东西。

不知为什么,"冷静""客观"这样的词不适合"爱"的范畴,觉得跟借用的语言一样。

当男人向对方展示出这种冷静时,预示着爱已接近尾声。

"我不适合你,为了你的幸福而退出!"

说这话时,男人已考虑过与对方分手,并认为时机到了。

即使女性说"我对你很满意,希望永远跟着你!",男人也不会改变态度。

只会重复"我配不上你!",而转身退出。

男人看起来很大胆,但在关键的地方很懦弱。这是一种优雅,还是一种暧昧?

男人想与女性分手,不会当面说:"讨厌你了!"从小就受到待人要礼貌的教育,不会说出这种难听的话来!

男人要离开女性,一般是逐渐地疏远。如果女性不愿分手而当面质问,男人就会找出借口:"为了你的幸福……"

回想一下,这句话用起来很便利,但其实罪孽深重。

男人凭借这句话逃避现实,应用这句话让人产生错觉:分手是美丽的!

还应用"想爱依然要分手"这句话。

如果女性理解为他原先是喜欢我的,是因某种缘故不得已提出分手,尔后将分手的一页封存进记忆的档案里。

如此这般,男人的愿望便得到了实现。

反正要分手,谁都想漂亮地分手。互不埋怨,互不憎恨,只留下一段难忘的记忆。

男人和女人都这样想。

然而,真心相爱过的分手,不是仅凭说漂亮话就能掩盖过去的,分手过程比较艰难,往往是在互相攻击、互相咒骂、互相伤害之后,才痛苦地分手。

这也是人们难以揣摩的、愚蠢而可悲之处。

我从"为了你的幸福……"这句话中看到了虚伪和狡猾。

从分手之处感受到了爱的轻薄和人的自私。

如果是真正相爱后的分手,无论怎么伤害对方,无论怎么互相谩骂都没事儿。受伤害不要紧,只要再从那里爬起来就行。

如果确定要分手,没必要考虑方式和方法,顾及是好看是难看,更无须拘泥于分手的美丽。

即使现在不刻意地粉饰分手,漫漫岁月也会透过历史的面纱使之成为甜蜜而美好的回忆。

源于死的起点

一

过去当医师时，我看到过很多人的死。

年轻却被癌魔吞噬的死；因瞬间失误，打错方向盘的死；因矿井塌方而被撞击的死；衰老而睡眠般的死……死具有各种不同的面孔。

然而，这些死有一个共同点：死就是无限的无。

这么说，也许有人会笑话：你现在说的是什么！也许有人会说：开始就知道死就是无！

我之所以在这里阐述死就是无，只是想再次强调与明确所见所知。

不，说真话，我也不愿意说死就是无。

总觉得其中的"无"字有点不一样。

总觉得日语的"无"并不单纯指"没有",而是带有某种宗教性的暗示。

比方说,解析"诸行无常"中"无常"这个词,一是含有这世上的一切事物都归于无的意思,二是表示理解这种虚无且委身于此。一方面认为什么也没有,一方面在达观中看到撒娇的成分。

而我所说的无,不牵扯达观与撒娇,只是表示什么也没有。

也许在这里用日语"无"不如用英语"一无所有"恰当。

这里的无,不是日语语感的多愁善感的无,而是事实确切的一无所有的无。死确实是一无所有。

打个比方说,人只不过是手掌上的一把灰而已。

无论什么样的人,只要死了,从当天起就开始走向腐烂。曾经生机勃勃、光洁可人的皮肤很快变黑,不久就从表层变坏。

内脏也一天一天地腐烂,腐尸的臭味充斥周边空间。

无论是多么爱怜死者的人,也忍受不了那种腐败与尸臭,不得不将其焚烧。

经高温焚烧,尸体化为仅有的一点灰烬。如果处置不当,会被风吹撒落到地面,雨打渗透至地下,连露水般的痕迹也难以留下。

及时把骨灰搂到一起,装入水桶大小的骨灰坛。

此时此刻,无论是一个左右过国家命运的人,还是引起万众欢腾的名演员,乃至公司小职员或布衣百姓,统统化为普通的灰烬。

这些骨灰既没有特征又没有差异。

从这种意义上说,死是完全平等的,都是一无所有。

我从小就知道这事儿。

我意识到死还是在小学二年级的时候。当时家里的一个亲戚死了,自己懵懂地意识到人死了就不见了,就没有了。

随着年龄增长,陆续听到人的死讯,这时开始害怕死,并认识到死的虚无。

然而在那时,我仍然没认为死就是一无所有。

认为人死了,这个人就没有了,但不知道人会化为普通的灰烬,从这个世界上消失得无影无踪。

那时的我,还相信妖怪和阴间的存在,以之为确凿的证据。

和母亲关系最亲密的表妹去世了。在与其咽气的同一时刻,我家的街门被敲响了。母亲开门一看,没有人。去外面喊"哪一位?哪一位?",却没有人影。

母亲说这是表妹的魂儿来传达死讯,我屏息地点点头。

我在灵前守夜时,独自去洗手间,觉得从窗户的玻璃上看到了死者的面孔,吓得急急忙忙地逃回来。在她的葬礼上,也有类似的错觉。

还相信手持念珠者在佛龛前祈祷冥福,是为了让死者成佛。

还认为死者肉体会消失,灵魂仍然在,还在悄悄地注视着我们。

我进入医学部,当上医师后,方知人的死与灵魂和阴间无缘,只是单纯地消灭肉体,现实而又客观。

因而,即使在解剖室待到很晚,尸体也不争吵,不反抗。在暗夜的灯光下,以或仰或卧的单一姿势,老老实实地待在那里。

即使深夜从解剖室旁边走,也不会念及妖怪和幽灵的有无。

脑出血之死是脑动脉破裂而压迫呼吸中枢的结果;心肌梗死是流经心脏的血管阻塞,心肌大面积缺血而致;植物人之死则是医师关闭救生设备,脏器失能所致。

人之一切死因,都能从医学方面和逻辑方面予以说明。

怎么也不能认为人死瞬间,其意志仍在活动,灵魂开始奔驰。

死者不再说话,既不反抗,也不争吵。

人死寂静而无害,只是令人感到悲哀。

我为亲眷祈祷过几次：就是妖怪也好，亡灵也好，至少让我看一下嘛！但是没有出现。

我经常梦见死去的父亲，并在梦中呼唤他。任凭我怎么呼唤，父亲都不说话，始终沉默。

这是亡灵吗？是在责怪我不孝？父亲会出来吗？

醒来一想，这是自己在责怪自己，不能认为是父亲的灵魂在积极地活动。

父亲已死，已归于无，肉体和灵魂都没留在这世上。

遗留下的，只是我所继承的血统、体型以及对父亲活着的记忆。

父亲只是间接地给我和其他亲朋好友留下回忆，不会再有更进一步的存在。父亲的肉体和精神都已经完全消失了。

这样想是令人寂寞的。我愿意相信父亲在什么地方注视着我。或者带上点孩子气，希望他成为一颗耀眼的星星守护着我。

希望他干脆成为妖怪和幽灵来找我。在我做坏事时批评我，失意难过时安慰我。

然而，死去的父亲已经没有任何力量。死者始终是死者，既非出于其上，也非出于其下，而是居于一无所有这个东西本身。

而我日后的死也和父亲的死一样,不会在这世上留下任何东西,会归于完全的无。

回想一下,总感觉我当医师的十年,是确认这一事实的十年。

二

我开头说死的事儿,并不是想特意诉说死的无常。

当然,死就是完全的无,希望人们尽可能地理解这一点。可能相信存在幽灵世界的人对此不能理解。但是现在的我,不会相信幽灵世界的存在。我的观点合适与否,需另外花些时间论述,在此不做研讨。

我原先强调死就是无,是想从这里出发,来考察世间一切事物。

不能因为死就是无,而把各种新生事物扼杀在摇篮之中。也正因为死就是无,世间的万事万物都应以此为开端。

我喜欢的话中有一句叫"活得急匆匆"。

人生活得过于着急,想在短暂的一生中体验形形色色的一切。这对于英年早逝者而言,或许是一种理智或明智。

对于长寿者而言,则可以说是糊涂的生活方式。

这句话的背后,饱含着人的生命有限的意味。人不能永远活着,人生一世如草木一秋。

所以,趁现在活着,要做一些力所能及的事情,度过无悔的一生。这与"活得急匆匆"有着极为密切的联系。

如果只看结果,活得急匆匆似乎有操之过急的错误。觉得理应稍微悠闲地度过人生,也有自己责备自己的意思。

然而,在认真地、竭尽全力地生活这种意义上,活得急匆匆有其相应的价值。至少对于短命的人来说,具有一定分量的充实感。

人从正面对死进行思考时,就会认真地对待生。

濒死又复苏的重病患者,几乎会异口同声地说道:人活着每一天都应珍惜,活着就是幸福!

这是在反省自己曾经的生活方式,是多么的马虎和敷衍。

这种反省能够持续到何时,是另外一个问题。人在濒临死亡时,好像就会激起对生的强烈渴望。

思考一下,这是不可思议的。人看到了死却不畏惧死,而是勇敢地去面对。

不,这种观点有误。所谓看到了死却不畏惧死,这只是表面现象,其实内心深处是怕死的。因为深切地感受到了死的恐怖,所以只想活着,想拼命地活着。

否则,看到死的人,就不会变得那么坚强,不会想竭尽全力地活下去。

如果是这样,就说明生不充实,是因为没有正确地认识到死。不怕死,正因为不怕死,才会碌碌无为地过日子,不为稀里糊涂地度过每一天而后悔。

经常有艺术家人至暮年,意识到来日无多,猛然地开始发愤工作。原先悠闲度日的人,现在疯狂般地醉心于艺术世界。

"已经到年龄了,剩下的时间不多了。"

他们经常这样开玩笑似的诉说,继而专心致志地工作。

这可能不是开玩笑,而是这个人正确地预感到了死,认识到了余生的珍贵。知道将会完全变为无的死在逼近。从这个时候开始,老艺术家求生的热情重新燃起,艺术之花又灿烂绽放。

这并不限于对工作的执着。人在意识到死时,对异性的爱和温存、对他人的宽恕和谅解等等,都会进一步地加深。

我曾经突然失去的父亲,是因心肌梗死导致的瞬间死亡。当时,我过着非常放荡的生活,父亲对此很忧心。

我知道父亲忧心,却对父亲特别冷淡。父子关系嘛,早晚会谅解。

表面虽然在反抗,内心却爱着父亲。

父亲突然死了。

说实话,没能想到父亲会死。懂得父母早晚会死,却没料到事发突然。虽然知理,却没有切身感受。

然而,父亲死了,父亲去世变成了现实。

这时,才发现父亲存在的重要意义。发现自己从心底爱父亲、仰仗父亲。

看到装在骨灰罐里的父亲凝缩的骨灰,我意识到死确实已降临到了父亲身上。那么健康的父亲也会死?离死还很遥远的父亲,怎么突然会从这世上消逝?

我猛然自责万分,懊悔不迭。

我应该对父亲百倍和蔼。怎么能一次也不邀请父亲观赏其钟爱的专业力士相扑比赛呢?如果赛后一起喝酒,他该是多么高兴啊!

如果当初说一句自己虽然嘴里顶撞父亲,但是其实心里是喜欢父亲的,他的心情该是多么舒畅啊。

我注视着父亲的遗像,猛然意识到:不知会是谁,不知哪一天,人会突然毫无征兆地死去。看着人好像很健康,其实死神就陪伴在身边。

我意识到这世上有些事,如果今天不说,明天就赶不上了。

父亲死后,我对母亲和自己周围所有人的态度,变得和蔼了。对于原先厌烦或憎恨过的人,也能够谅解了。

只要想到人不定什么时候,死就会降临其身,就能原谅和理解他人。

亲人的死,使我恢复了爱和和蔼。

虽然这样做了,却不能保持长久。随着父亲故去的影子日趋淡薄,又表现出自己的任性。喜欢这个不喜欢那个,又开始变得随心所欲。

然而有时会突然想到死,想到这个人和自己或许不久都会消逝。想着想着,温柔和爱又在我心中复苏了。

这种情绪忽三忽四,摇摆不定。然而,只要有死的形象,善良就会与自省的观念一起复苏。

三

死的确是无。它和放在掌上的灰一样,一吹就没有了。

人的肉体随着生命的终结而消亡。我不相信其后面还有精神的存在。

遗留下的不过是那个人用过的物件,或者是信,或者是写的其他东西,都属于物质存在。

也有人解释为精神同时保留下来了。比如说作家或艺术家,认为那个人的精神会和艺术成果一起保留下来。

然而,总觉得这么说有点牵强附会。不错,画家或作曲家都能留下作品,但只不过是在画布、纸面上勾勒出图景或五线谱样的东西。

作家和画家死后仍然不会以灵魂形象向我们诉说。

活着的人承认受其作品影响和那个人的灵魂还活着是没有关系的。

我不喜欢这样的构思:怀才不遇的作家死后获得认可或表彰,可能会躲在花丛后面高兴吧。

那个被完全消灭的人,不会躲在花丛后面高兴。无论是高兴还是不高兴,那个人已经无踪可寻了。

认为其会高兴,是活着的人在武断地想象,在力图使自己的虚构正当化。

赛尚①生前没得到承认,梵高②是在痛苦中死去的。现在的人们把他们捧为不可多得的印象派大师,是这些活着的人的一种自我满足。

怀才不遇而死去的人最终还是怀才不遇,既非更甚也非更轻。

在世时怀才不遇,死后得到承认就好。这种逻辑和孝道相联系就推导出:原先不孝顺父母,现在意识到对不起故去的父母就好。

人死不能复生,对死人说这些也难以说得通。认为有通往天上世界和灵魂世界的道路,只不过是活人的一种虚妄构想。

或者是活着的人想通过这样一种虚构,摆脱一些负疚感和罪恶感,以弥补歉疚。祈祷和宗教都是活人所需要的东西,和死者没有任何关系。

死者不过是死者而已。

我这种想法,或许让人感到寂寞。难道不能再柔和一点地祈

---

①塞尚(1839—1906),法国画家,后期印象派代表,代表作有《玩牌者》《圣维克多山》等。
②梵高(1853—1890),荷兰画家,后期印象主义代表人物之一,主要作品有《向日葵》《星夜》等。

祷和信仰吗?

过去我曾多次思考过这个问题,也曾做过自我反省。也想多读几本宗教方面的书,埋头于其中。

然而,年纪轻轻就沉溺其中,是过于无为,最终一无所有。

从这种观点看宗教,无论是佛教,还是基督教,都过于完美,虚饰的东西太过引人注目。

灵前守夜、葬仪、祈祷、念经、烧香、忏悔等等,都是活着的人所需要的,也应该是为活着的人而发明的。

为了仍然活着的人,从精神上减轻负担,安静、放心地生活下去,才有烧香,才有葬仪。

吊唁者只要急忙赶到灵堂,就能还上死者的人情。只要双手合十静坐一夜,诉说他生前的事儿,就能得到宽恕。内中应当含有宗教的欺骗性。

当然,尽管这么说,我并不想否定宗教。相信的人仍然可以相信,其本身并不是坏事。

遗憾的是,现在的我不能相信。虽然有相信的愿望,却无法参与其中。坦率地说,不愿意在遗体(像)面前鞠躬,总觉得这样会令自己着急,令他人不安。

如果能够轻松愉快地相信这些东西,心境该是多么安定啊。

然而,我并不觉得自己没有宗教信仰。

假如宗教就是相信某种东西,我相信死总归是死,归于无限的无。死既没有撒娇,也没有情趣,更没有灵魂,有的只是无之本身。

如果有人问我所崇奉的宗教,这就是我的宗教。

因此,我愿意与人交流,对若干事情有贪欲,对于活着很珍惜。

说起来容易做起来难,这种思想不会一直持续,有时会想起来,有时会忘记。

然而,一想到死就是无,就觉得应该抓紧时间为社会做点什么。只要能活着,就想把活的足迹留遍各个角落。

往深里说,死与爱情和家庭都能相联系。

人都会死灭。在这个世上什么也留不下。所以,到了一定年龄就要与人恋爱,或者喜爱一个人。

人终归会变成一具尸体。临死前的喊叫没有任何作用,很快就会化为灰烬。人本能地知道这种结局,才会主动与人谈恋爱。

如果陶醉于炽热的爱情,一定是从根本上有死的假想。对于死,无论意识到与否,都会默默地潜藏在相爱的人们心中。

人们建立家庭、繁衍后代,也许是因为知道自己迟早会从这个世上完全消逝。

人都想尽量长寿,照顾儿女。然而,肉体机能有限度,这一点是做不到的。所以就想把最近的亲人和最关注的对象留在这个世上。

思考一下,结婚或者生儿育女,也许是一颗心的衰弱所致。人在年富力强时,不会考虑这样的问题。

到了二十五六岁,人一旦感到寂寞和孤独,就想去爱一个人,或者想要个孩子。

一般认为这就是爱。这种爱的背后有对孤独致死的预感。

爱和死本来就是比邻而居的。

强烈地爱过之后,人会突然想到死。即使在爱之欢乐的巅峰,也伴随着死的影子。

死为什么会在人生最美好的时刻瞬间掠过呢?

也许是造物主在暗示我们:爱和死是可以互换的。

如果爱一个人,就会看到日后与他的分离和死。如果窥见死的深渊,就想得到更加强烈的爱。爱和死两者好像天平的砝码,互相保持着平衡。

如果了解爱或死的一个方面,就想深入了解另一方面。两方面互相加深而保持均衡。

然后一想到死,就会被这种思想所驱使:这样不行!要做点事儿!短暂的一生平凡地度过,总会让人觉得很可惜。

越是觉得死就是无,越是觉得人生在世时间的珍贵。

从这种意义上说,死绝不是一种完结。

死确实是无,尽管是完全的消灭,却由此催生出人生的一种新起点。这也是事实。